Manuela Sandhop

Mord mit blauen Augen

sonderpunkt
Krimi
4

Manuela Sandhop

Mord mit blauen Augen

Ein Gartenkrimi

sonderpunkt verlag

Bibliografische Information der Deutschen Nationalbibliothek
Die Deutsche Nationalbibliothek verzeichnet diese Publikation in der Deutschen Nationalbibliografie; detaillierte bibliografische Daten sind im Internet unter http://dnb.d-nb.de abrufbar.

ISBN: 978-3-95407-047-3

Marianne Evrard & Julia Kisker GbR
Langemarckstraße 18
D–48147 Münster
Tel.: +49-(0)-251-29 39 57
Fax: +49-(0)-2571-99 27 36
E-Mail: info@sonderpunkt-verlag.de
Internet: www.sonderpunkt-verlag.de
Druck: Augustin print & medien GmbH, Oer-Erkenschwick

Gedruckt in Deutschland

ERSTER TEIL

Was bin ich doch für eine glückliche Frau, daß ich in einem Garten lebe … Ich würde das Totschlagen lieber erst am Ende des Sommers sehen und sie nicht gewaltsam aus solch einer schönen Welt verdrängen wollen, wenn gerade erst all die Kurzweil beginnt.

Elizabeth von Arnim:
Elizabeth und ihr Garten

Donnerstag, 28. Oktober

Erbarmungslos kam Orkantief Clarissa dahergefegt, zerrte an den Ästen der Lebensbäume, zwang junge Birken nahezu in die Knie und musste schließlich bei der amerikanischen Eiche, ein Fels in der Brandung und der ganze Stolz von Tante Mechthild, kapitulieren.

Bettine Brandt kämpfte sich die fünfzig Meter vom Haus ihrer Tante zurück in ihr warmes Musikzimmer, um die vergessenen Chornoten zu holen. Sie hatte wie jeden Donnerstag bei Tante Mechthild zu Abend gegessen. Leichtes Geplauder und deftige Hausmannskost, die leider dazu neigte, sich an gewissen Stellen festzusetzen, ließen dieses Ritual zu einem Höhepunkt der Woche werden. Und so machte Bettine sich anschließend jedes Mal in bester Stimmung auf den Weg in die evangelische Stadtkirche, um mit den bunt zusammengewürfelten Tecklenburger Sopran-, Alt-, Tenor- und Bassstimmen einen schönen Chorklang einzuüben.

Clarissa hatte in den letzten Stunden enorm zugenommen. Böen zausten Bettines Locken, die unter der Wollmütze rotblond hervorquollen, und bissen sich eisig in die Wangen. Im Laufschritt eilte sie die Bergstraße hinauf und erreichte erhitzt trotz Sturm und Oktoberkälte den ansehnlichen Kirchenbau aus dem 16ten Jahrhundert. Statt wie vormals im Gemeindehaus probte der Chor regelmäßig da, wo er sowieso hingehörte: im Altarraum der Kirche, die während dieser zwei Stunden sogar geheizt war. Das hatte Bettine beim Kirchenvorstand durchgesetzt, als sie vor etwas mehr als zwei Jahren von Münster nach Tecklenburg gezogen war und die Chorleiterstelle übernommen hatte. Eine schmal bezahlte Stelle übrigens.

Natürlich saßen alle bereits auf ihren Plätzen und amüsierten sich darüber, dass ihre Chorleiterin zu spät kam.

„Gegrüßet seist du, schöne Windsbraut." Das war Christmut Droste, Mitte vierzig, Lehrer an einem Gymnasium in Münster und verheiratet mit Barbara, einem strahlenden Sopran. Sie waren Bettines übernächste und Tante Mechthilds direkte Nachbarn.

„Entschuldigt. Ich hatte einen wichtigen Anruf." Bettine fühlte, wie ihr unangenehm warm wurde und sie errötete prompt. Auch das noch. Jetzt bloß keine Hitzewelle. Sie hatte jedenfalls nicht vor, ihre Privatangelegenheiten vor dem Chor auszubreiten. In dem kleinen Ort sprach sich sowieso alles mit unheimlicher Geschwindigkeit herum. Sie bezweifelte mittlerweile, dass es richtig gewesen war, dem Chor das „Du" anzubieten. Ein wenig mehr Distanz wäre manchmal wünschenswert. Betont lässig ging sie zur Routine über. Die gezielten Stimmübungen ließen bald alle einstimmig meditieren, summen und seufzen. Selbst hier im geschützten Raum war der Wind nicht zu überhören: ein jammerndes Seufzen und Heulen in die Pausen hinein.

„Und jetzt noch mal strecken – bis an die Decke – und ausschütteln.“ Sie hob die Arme, umfasste mit einem Blick aufmunternd die Runde und gab den Einsatz: „Seid froh, dieweil“. Die Stimmen füllten den Raum, teils andächtige Gesichter, hier und da noch eine kleine Unsicherheit. Und da, auf der letzten Fermate, wieder dieser freche kleine Schlenker. „Christmut, dieses Thema hatten wir doch schon“, sagte sie kopfschüttelnd. „Wenn Bach das so gewollt hätte, hätte er es auch so komponiert.“

Der Störenfried grinste jungenhaft. „Es macht eben viel mehr Spaß und klingt auch besser, Bettine, das musst du doch zugeben. Ich kann's noch mal vormachen!“, schlug er eifrig vor.

„Hör auf mit dem Unsinn“, erwiderte sie scharf. „Du hältst den ganzen Betrieb auf! Warum ist Barbara eigentlich nicht bei der Probe? Ich dachte, sie sei wieder gesund. Sie hat sich nicht bei mir entschuldigt. Hast du sie totgequatscht? Oder was?“ Erschrocken biss sie sich auf die Lippen. Das war wohl etwas daneben, aber Christmut konnte sie manchmal zur Weißglut bringen. Charmant und pubertär – eine anstrengende Mischung, besonders bei fortgeschrittenem Lebensalter.

„Die hab ich heute noch gar nicht gesehen. Ich komme direkt aus unserer Großstadt, der lebenswerten, herbeigeeilt, um dem Herrn zu lobsingen.“

Einige Chormitglieder schmunzelten. Witz hatte er, ihr Christmut. Und eine unglaubliche Stimme.

„Müssen wir nicht noch für Sonntag üben? Hat Pfarrer Paul dir schon den Ablauf mitgeteilt?“ Der freundliche volle Alt gehörte Antoinette Schmidt, einer kleingewachsenen Dame weit jenseits der Siebzig. Die blassblaue Strickjacke schien mindestens zwei Nummern zu groß für die schmale Gestalt, harmonierte aber apart mit ihren Augen. Sie trug eine praktische gut geschnittene Kurzhaarfrisur in natürlichem Silbergrau. Wer sie kannte, und das waren die meisten, wusste, dass sie zäh und zupackend war. Für ihre stundenweise Tätigkeit als Küsterin besaß sie unschätzbare Qualitäten wie zum Beispiel jede Menge Zeit und einen prachtvollen Blumen-, Obst- und Gemüsegarten. Und sie war Besitzerin einer verheißungsvollen Gänseschar! Hin und wieder betätigte sie auch die Orgel, denn die Organistenstelle war seit über einem Jahr vakant.

„Richtig. Danke, Antoinette, dass du mich daran erinnerst. Für die Choräle bleiben uns dann ja noch einige Proben. Und ja, Pfarrer Paul war pünktlich wie gewohnt. Ich habe euch den Ablauf des Gottesdienstes bereits kopiert. Ihr könnt euch nach der Probe hier hinten am Tisch bedienen. Also, schlagt bitte in den roten Heften Nr. 46 auf: ‚Lobe den Herrn meine Seele'. Den Refrain singen alle, und für die Strophen hätte ich gerne zwei tragende Stimmen, und zwar dich, Antoinette, und Christmut. Da kannst du dann mal deinen Hang zur Selbstdarstellung ungeniert ausleben, mein Lieber." Die kleine Spitze konnte sie sich nicht verkneifen.

Doch der Heldentenor erwies sich als spitzenresistent. „Mit Antoinette um die Wett' im Duett, wie nett", trällerte er vergnügt und ließ sich neben seiner Gesangspartnerin nieder.

Alle lachten. Keine Eifersüchteleien also, wie es schien, und Bettine atmete erleichtert auf. Eine Stunde später einigten sie sich darauf, die Einsingeprobe zum Reformationsgottesdienst schon um neun Uhr anfangen zu lassen.

„Und was sollen wir anziehen?"

„Oben weiß, unten schwarz."

„Nein, das sieht spießig aus. Ganz in Schwarz finde ich besser."

„Wie eine Trauergesellschaft! Wir wollen doch Frrreude transportieren!"

„Wir könnten …"

„Ruhe! Ruhe bitte mal!“, unterbrach Bettine das allgemeine Stimmengewirr mit einer gewissen Schwierigkeit. An die Undiszipliniertheit konnte sie sich auch nach zwei Jahren Chorarbeit nur schlecht gewöhnen. „Kommt bitte einfach sonntäglich gekleidet. Keine blauen Schlabberjeans, Christmut. Und bestell Barbara einen Gruß: Wenn sie Weihnachten mitsingen will, muss sie regelmäßiger zu den Proben kommen. Gute Nacht euch allen. Und legt euch die Noten noch mal unters Kopfkissen! Vor allem die beiden Sätze aus dem Chorbuch, zu denen wir heute nicht mehr gekommen sind. Aber die gehören ja zum Repertoire, müssten also klappen.“

„Gute Nacht? Ich hab Durst und auch noch nichts gegessen. Kommt keiner mehr mit in die *Schloßschänke*? Was seid ihr bloß für eine lahme Gesellschaft. Antoinette, auf ein Bierchen“, drängelte Christmut.

„Heute geht's nicht, leider.“ Die Altistin erhob sich mit einer gewissen Mühe.

„Wieso nicht? Auf dich wartet doch niemand.“

„Aber auf dich. Nein, wirklich nicht, Christmut. Ich bin so müde, ich glaub, ich muss mal wieder etwas früher schlafen gehen. Die letzten Abende ist es etwas spät geworden.“

„Was treibst du denn des Nachts? Du wirst doch nicht etwa unsolide auf deine alten Tage?“

Antoinette sah ihn streng an und schüttelte tadelnd den Kopf. Sie packte ihre Noten in eine geblümte Stofftasche. „Ich weiß auch nicht, ich muss mich irgendwie verhoben haben oder falsch gedreht. Ich will morgen mal Frau Dr. Knecht aufsuchen.“

„Das tut mir aber wirklich leid! Entschuldige meinen blöden Scherz. Komm, ich helf' dir in den Mantel.“

„Danke. Bis Sonntag, Christmut.“

„Dann lass dich mal wieder einrenken. Sonntag musst du fit sein. Sonst fehlt mir doch meine bessere Hälfte.“

Freitag, 29. Oktober

Die ersten Takte der Moldau plätscherten unermüdlich durch die Wohnung und erreichten schließlich auch Bettines Ohren. Verschlafen fuhr sie hoch, tastete nach dem Lichtschalter.

„Tante Mechthild!“, schoss es ihr durch den Kopf. Sofort hatte sie einen Kloß im Hals. Ihre Tante hatte Probleme mit dem Herzen, und das sorgte hin und wieder für Aufregung bei der Nichte. Draußen war es stockdunkel. Wo hatte sie gestern nur das Telefon …? Ach, mal wieder auf dem Klavier vergessen.

„Ja, bitte?“

„Bettine, bist du's?“

Christmut Droste. Was in drei Teufels Namen …? „Spinnst du? Es ist mitten in der Nacht.“

„Schon sechs Uhr. Ich hab extra so lange gewartet. Barbara ist weg.“ Christmut hörte sich beklommen an.

„Wie weg? Weggefahren?“

„Einfach nicht da. Gestern Abend hat sie wohl schon geschlafen. Bei mir war's etwas später geworden. Ich wollte sie nicht stören und bin einfach so ins Bett.“

„Aha. Du weißt also nicht, seit wann sie weg ist?“

„Mein Wecker hat um halb sechs gepiepst, wie immer. Ich bin aufgestanden und wollte Barbara wecken. Sie war aber nicht in ihrem Bett. Auch nicht im Bad und überhaupt nirgendwo.“

„Könnte sie zu ihrer Mutter gefahren sein? Das macht sie doch manchmal relativ spontan.“

„Nein. Irene ist mit einer Reisegesellschaft unterwegs.“

„Mhm. Hat sie dir vielleicht irgendwo eine Nachricht hingelegt?“

„Ich hab nichts gefunden. Und ihr Handy ist auch nicht da.“

Eine handylose Barbara war in der Tat undenkbar. Selbst nachts konnte sie sich, trotz angedachter Strahlungsgefahr, nicht von dem Ding trennen, wie der indiskrete Christmut einmal zum Besten gegeben hatte. Bettine war jetzt hellwach.

„Weißt du was? Ich zieh mir eben was an und komm rüber."

„Danke, Bettine", sagte Christmut hörbar erleichtert.

Es war völlig windstill. Die sprichwörtliche Ruhe nach dem Sturm. Das propere weiß gestrichene Einfamilienhaus, das drittletzte des Quartetts an der Bergstraße, war von oben bis unten erleuchtet, und Christmut erwartete sie bereits an der Tür. Er zitterte in einem blauweiß gestreiften Frotteebademantel, hatte verstrubbelte Haare und sah auch sonst etwas durcheinander aus. „Ich hab Teewasser aufgesetzt. Ich dachte ..."

„Ich denke, du solltest dich anziehen. Den Tee kann ich kochen."

„Danke. Der Darjeeling ist rechts oben in der grauen Blechdose."

Bettine goss das Wasser auf. Sechs Uhr achtzehn. Ein Zwei-Minuten-Tee wäre optimal. Die Küche wirkte ausgesprochen nüchtern. Alles picobello aufgeräumt und blitzblank. Natürlich eine Einbauküche mit allem, was der Mensch so brauchte. Funktional und übersichtlich. Ein gerahmtes Plakat mit Küchenkräutern, nichts Persönliches. Sie und Christmut bräuchten jetzt auf jeden Fall eine tröstlichere Umgebung. Sie sah sich um und entdeckte einen weiteren Zugang zur Küche. Nach anfänglichen Skrupeln öffnete sie die Tür und blieb überrascht stehen: Der warme Schein einer Stehlampe fiel auf einen runden Tisch mit Glasplatte und drei verschwenderisch gepolsterte Korbsessel. Der kleine Raum war rundherum verglast und zusätzlich zur Heizung mit einem Wärmestrahler versehen. Auf den Fensterbänken tummelten sich drei goldene Gartenzwerge zwischen Alpen- und Usambaraveilchen in Blau-Lila-Tönen. Eindeutig zwei Zwerge zu viel, befand Bettine. Vorsichtig setzte sie die Teekanne ab.

„Schön hier, oder?"

Sie fuhr herum. „Entschuldige, dass ich einfach so …"

„Ist schon in Ordnung." Christmut stellte die Becher ab und drehte den Strahler an. „Den braucht man in der Veranda. Im Sommer zu heiß, im Winter zu kalt. Trotzdem. Hier sitzen wir besonders gerne. Nimmst du Milch?"

„Danke. Darjeeling trink ich schwarz. Auch keinen Zucker."

„Genau wie ich."

Bettine umfasste ihren Becher mit beiden Händen. „Das tut gut. Es ist wieder ekelhaft kalt draußen heute Morgen. Hör mal, was mir grad einfällt: Hast du schon nachgesehen, ob Kleidung fehlt? Wenn Barbara weggefahren ist, dann zumindest nicht ohne Mantel, Schal und Mütze."

Christmut starrte sie an. „Ich Idiot!" Er sprang auf und stürzte zur Garderobe.

Bettine schlürfte und überlegte. Wo konnte Barbara bloß sein? „Guck mal, ob ihre Handtasche da ist."

„Die dicke grüne Jacke fehlt! Die hat sie immer bei der Gartenarbeit an. Aber sie kann doch nicht um diese Uhrzeit und im Dunkeln schon im Garten …"

„Was ist mit der Handtasche?"

„Moment. Hier hängt sie nicht. Hier auch nicht." Christmut ließ sich in einen Sessel fallen. Er sah niedergeschlagen und ratlos aus.

„Aber gestern Abend war Barbara noch da?", hakte Bettine nach. „Ja … nein … ich bin davon ausgegangen. Genau weiß ich es nicht", kam die etwas zögerliche Antwort.

Bettine räusperte sich: „Christmut, ich weiß, es geht mich nichts an, aber unter diesen Umständen … Hattet ihr Streit? Gab's Unstimmigkeiten? Meinungsverschiedenheiten? Hast du sie vielleicht beleidigt, und sie will dir Angst oder ein schlechtes Gewissen machen?“

Christmut sah vor sich hin und schwieg.

„Christmut?“

„Das haben wir alles schon lange hinter uns. Wir haben uns arrangiert. Jeder lebt sein Leben. Nur zum Chor gehen wir noch gemeinsam. Wir sind ganz zufrieden so.“ Er sah sie herausfordernd an.

Bettine ließ sich das durch den Kopf gehen. Dann sprang sie unvermittelt auf. „Ich schlage vor, dass wir noch einmal gemeinsam alles absuchen. Hier im Haus, meine ich. Ein Mensch kann doch nicht einfach so verschwinden!“ Ihre Energie wirkte ansteckend. Sie ließen ihren Tee stehen und krempelten das Haus einmal auf links. Leider erfolglos. Auch ein Anruf auf Barbaras Handy brachte sie nicht weiter. Blieb natürlich noch der Garten. Bei der Vorstellung, eventuell eine ohnmächtige oder verletzte eiskalte Barbara zu finden, bekam Bettine Herzklopfen. Immerhin war das Thermometer gestern Abend auf minus 2 Grad abgesackt! Einerseits wollte sie sie natürlich finden, andrerseits … Am besten, Barbara hätte sich wirklich abgesetzt.

Rasch schlüpften sie in ihre Jacken.

„Habt ihr irgendwo eine Taschenlampe?“

Christmut sah sich suchend um, zog dann die Schublade der Spiegelablage auf. Da lagen zwei, eine große und eine kleine. Und Barbaras Handtasche. Ausweis, Führerschein, Geldtasche samt Kreditkarten steckten in ihren Fächern und ließen ungute Ahnungen aufkommen. Sie sahen sich unbehaglich an. Mussten sie jetzt nicht zwangsläufig davon ausgehen, dass Barbara noch hier war? Irgendwo, wo sie noch nicht gesucht hatten? Bettine lief es kalt über den Rücken, und ihr Tatendurst war über alle Berge.

„Sollen wir nicht lieber warten, bis es ganz hell ist?", flüsterte sie heiser. „Oder die Polizei ...?" Ihre Kehle war unangenehm trocken. Doch Christmut stapfte bereits entschlossen die Kellertreppe hinunter. Es dämmerte zaghaft. Der Lichtstrahl fuhr planlos durch kahles Gestrüpp, glitt über Rasen und Gartenwege und verfing sich schließlich an schwarzen, riesenhaften Bäumen.

„Da fängt der Garten von deiner Tante an."

„So sieht der also auf eurer Seite aus. Ein bisschen unheimlich, finde ich."

„Sagt Barbara auch immer. Sie will gern Sonne haben. Und freie Sicht. Nicht so viele Bäume. Ich versuch es noch mal mit dem Handy."

Sie erschraken furchtbar, als das Gedudel in unmittelbarer Nähe losging: „Froh zu sein bedarf es wenig, und wer froh ist, ist ein König. Froh zu sein ..." Ein dunkles Bündel lag etwa drei Meter von ihnen entfernt auf der Erde. Ihre Füße schienen mit einem Mal wie festgewachsen. Sie hielten den Atem an.

„Barbara?" Zögernd näherte Christmut sich dem Bündel, Bettine blieb ihm dicht auf den Fersen. Sie ließen sich auf die Knie hinunter. Es war Barbara. Still und friedlich lag sie da in ihrer grünen Winterjacke, als ob sie schliefe. Sie lag seitlich, mit angewinkelten Knien, die schulterlangen dunklen Haare verdeckten halbwegs das Gesicht.

„Barbara?", flüsterte Christmut angstvoll.

„Barbara!" Bettine überwand sich und rüttelte sacht an der Schulter. Keine Reaktion. Sie legte ihre Finger auf die Stelle, wo sie die Halsschlagader vermutete, etwas behindert durch den dicken Kragen. Kein Puls. Entsetzt sahen sie sich an. Als Christmut Anstalten machte, Barbaras Haar zurückzustreichen, schnellte Bettines Hand vor. „Nichts anrühren", warnte sie.

„Was machen wir jetzt?", würgte Christmut hervor.

„Du bleibst bei ihr, falls ... Ich rufe den Rettungsdienst."

Bettine rannte stolpernd und keuchend bergauf zum Haus zurück. „Lieber Gott, lass sie nicht tot sein. Lieber Gott ... Bettine Brandt. Wir haben einen Notfall ... Barbara Droste ... Tecklenburg, Bergstraße 6. Das dritte Haus auf der rechten Seite ... Nein, sie liegt im Garten und reagiert nicht. Puls hab ich nicht fühlen können. Ihr Mann ist bei ihr ... Machen wir."

Gedankenverloren schloss Bettine eine halbe Stunde später ihre Haustür auf, hängte mechanisch den Mantel an die Garderobe und wechselte die Schuhe. Ein plötzliches Quieken und Quietschen riss sie aus ihrer Lethargie. Friederike und Josefine! Die hatte ja sie völlig vergessen! Kein Wunder nach dem überstürzten Frühstart und dem grausigen Fund. Die Meerschweinchen, die bei Bettine Asylrecht hatten, seit in der WG ihrer Tochter eine Mitbewohnerin eine Hausstauballergie entwickelt hatte, Franzis Meerschweinchen also, bewohnten einen Stall von beträchtlichem Ausmaß. Das war für die beiden natürlich komfortabel, aber unpraktisch beim Saubermachen. Seufzend nahm Bettine die Futterbox vom Regal. Das Leben ging weiter, auch wenn im übernächsten Garten eine tote Barbara lag. Nur ungern hatte sie Christmut alleine gelassen. Er hielt sich einigermaßen. Sie hatten natürlich beide einen Schock erlitten, den angebotenen Cocktail der freundlichen Sanitäter aber abgelehnt. Bettine hatte immer ihre Rescuetropfen dabei, nebenwirkungsfrei. Die taten es auch.

Ein Unfall also, wie es aussah. Barbaras Genick war anscheinend gebrochen, wie sie mit spitzen Ohren aus der

Unterhaltung zwischen Notfallärztin und Sanitätern hatte entnehmen können. Bettine schüttelte sich, fühlte sich bei der Erinnerung an die Untersuchung wieder etwas unwohl. Seit Lutz vor knapp dreizehn Jahren bei einem Verkehrsunfall ums Leben gekommen war, reagierte sie empfindlich auf Erste-Hilfe-Sanitäter, Notärzte, polizeiliche Befragungen und dergleichen. Sie hatte nie wieder geheiratet.

Zurück zu Barbara. Was war passiert? Worüber um Himmels willen konnte Barbara nur gestolpert sein? Eine fitte Mittvierzigerin und durchtrainierte Schwimmerin, die vom Frühjahr bis zum Herbst in den frühen Morgenstunden täglich im Waldfreibad ihre Bahnen zog? Einige kleinere Äste hatten ja herumgelegen. Aber die sah man doch bei Tageslicht. Und Bettine konnte sich Barbara einfach nicht im Dunkeln und bei dem gestrigen scharfen Nordost, dem Ausläufer von Clarissa, im Garten vorstellen. Sie konnte doch wohl kaum über ihre eigenen Füße gestolpert sein und sich das Genick gebrochen haben. Vielleicht hatte sie einen Kreislaufkollaps erlitten. Bettine stöhnte unzufrieden. Sie musste wohl oder übel die weiteren Untersuchungen abwarten. Falls überhaupt weitere Untersuchungen vorgesehen waren. Sie kannte sich da nicht aus. Barbara schien Tulpenzwiebeln gesetzt zu haben, als das Grässliche geschah. Ein paar Zwiebeln lagen noch unschuldig auf dem Rasen herum, auch die Grabeschaufel. Sie war eine passionierte Gärtnerin – gewesen. Nicht für nichts hatte sie dreimal hintereinander den ‚Goldenen Gartenzwerg', den begehrten ersten Preis beim ‚Tag der offenen Gartenpforte', bekommen, worauf sie natürlich unglaublich stolz gewesen war. Auch im Chor hatte es rund um die Preisverleihungen kaum ein anderes Thema gegeben.

Bettine schätzte zwar die Gartenarbeit nicht so wie ein Großteil der Tecklenburgerinnen, liebte aber ihr Stückchen Rasen mit der lichten Buchenhecke im Halbrund und dem weiten Blick schräg über Tante Mechthilds Bäume in den Himmel. Den Sitzplatz verschönte jedes Jahr aufs Neue eine übersichtliche Anzahl bunt blühender Pflanzen und nützlicher Kräuter in handlichen Kübeln, die ihr Auge mal mehr, mal weniger erfreuten. Denn es gab auch die gefräßigen Nacktschnecken, die es besonders auf das aromatische Basilikum abgesehen hatten. Eines kleinen Lebens Dauer.

Bettine nahm die Bitterschokolade mit Nougatfüllung mit zum Schreibtisch und ging den heutigen Tag in Gedanken durch. Sie musste sich jetzt einfach auf anderes konzentrieren. Die Gedichte von Cécile Sauvage warteten auf eine weitere Überarbeitung. Die Übertragung musste in zehn Tagen fertig sein, ihr Verleger würde keinen weiteren Aufschub gewähren. Außerdem war sie heute zum Nachmittagstee bei ihrer Tante. Ob sie den Lärm heute Morgen mitbekommen hatte? Der Rettungswagen war mit Blaulicht, Martinshorn und mindestens 100 Sachen die Bergstraße hochgeprescht. Sie hatte jedenfalls noch nicht angerufen. Bettine seufzte. Hoffentlich ging Tantchen Barbaras Tod nicht zu nahe. Immerhin waren sie Nachbarinnen gewesen, wenn auch in Gartenfragen nicht immer einer Meinung, und auf keinen Fall so nachbarlich, dass es für eine gemeinsame Tasse Tee hin und wieder gereicht hätte. Jedenfalls würde es ein süßer Nachmittag werden, und deshalb sollte sie die Schokolade jetzt besser weglegen.

Trotz allem ließ sie sich die Vorfreude auf heute Abend nicht nehmen. Sie wollte Franzi, die in Münster Geschichte und Philosophie studierte, vom Zug abholen, und sie beide wollten es sich gemütlich machen. Sie hatten sich länger nicht gesehen und würden viel zu schwatzen haben. Es war wunderbar, eine erwachsene Tochter zu haben.

„Ach, meine Liebe, heute war ich gar nicht so gut drauf. Mir war irgendwie schwindelig. Ich traute mich einfach nicht in die Stadt."

„Warum hast du nicht angerufen?", fragte Bettine.

„Ich wollte dich nicht stören. Du bist doch im Endspurt mit deinen Übersetzungen."

„Essen ist genauso wichtig! Brauchst du denn noch irgendetwas?"

„Für heute Nachmittag ja nun nicht mehr. Und für Bratäpfel hat's noch gereicht. Ich hatte vom Markt noch schöne dicke Goldparmänen. Schnupper mal!" Stolz öffnete Tante Mechthild die Ofentür, nahm zwei gewaltige Stanniolkugeln heraus und schlug das knisternde Papier vorsichtig auseinander.

„Kinder, kommt und ratet, was im Ofen bratet", deklamierte sie dabei, und Bettine ergänzte: „Der Zipfel, der Zapfel, der Kipfel, der Kapfel, der knusprige Apfel. Mhm – das hatten wir lange nicht mehr. Hast du die Rosinen auch wieder in Rum eingelegt?"

„Was denkst du denn? Die sind doch mit das Beste vom Ganzen!"

Bettine goss den grünen Tee auf, und sie setzten sich ans Kaminfeuer. Den besten Sofaplatz mit Lammfell belegte wie immer Mausi. Sie schnurrte behaglich, als Bettine sich neben ihr niederließ und ihr über den Rücken strich. „Na, Mausi, mal wieder auf der faulen Haut?"

„Sag mal", nuschelte Tante Mechthild mit vollem Mund, „hast du das heute morgen auch gehört?"

„Was denn?", stellte Bettine sich zunächst dumm, spülte aber schon mal umsichtig ihren leckeren Happen mit einem Mundvoll Tee hinunter.

„Na, das Tatütata. Ziemlich früh, es war noch dunkel. Ich bin fast aus dem Bett gefallen!"

„Ach, das meinst du. Ja, das habe ich auch gehört. Weißt du, Tantchen, ich muss dir was erzählen."

„Nimm noch einen Schlag Vanillesoße. Hier. Du kannst es doch vertragen. Göttlich!"

„Wir hatten ja gestern Abend Chorprobe."

„Donnerstagabend. Weiß ich doch."

„Ja. Und da war Barbara nämlich nicht da."

„Krank ist sie jedenfalls nicht mehr. Nachmittags hab ich sie noch im Garten gesehen. Sie hat Blumenzwiebeln gesetzt. Bei dem Wetter! Sie war wohl wegen der Grippe spät dran."

Bettine war irritiert. „Hast du mir gestern gar nicht erzählt! Ich denke, du hasst es, bei Sturm draußen zu sein?"

Tante Mechthilds Wangen überzog ein zartes Rosa, was zu ihren weißen Locken und veilchenblauen Augen sehr hübsch aussah und sie ausgesprochen jugendlich und unschuldig wirken ließ. „Ich hab doch in der Küche das Fernglas liegen. Um Vögel zu beobachten. Und da hatte ich auf einmal Barbara im Visier." Sie nahm reichlich Vanillesoße nach.

„Und wie war sie?"

„Wie meinst du das?" Der Soßenlöffel verharrte in der Luft.

„Bewegte sie sich anders als sonst? Schwankend zum Beispiel, als ob ihr schwindelig wäre?"

Empört knallte Tante Mechthild den Löffel auf den Teller. Mausi blinzelte träge mit dem linken grünen Auge. „Erstens kann man das so genau gar nicht sehen, und zweitens interessiert mich Barbaras Gesundheitszustand nicht die Bohne!"

„Sollte er aber. Denn nun ist sie tot." Bettine biss sich auf die Lippen. Es war ihr einfach so herausgerutscht.

„Sie ist tot?" Tante Mechthild sah ihre Nichte entgeistert an. „Wieso das denn?"

„Genickbruch. Die Ärztin meinte, Barbara sei gestolpert und dadurch gestürzt. Genaueres weiß ich nicht. Sie lag in ihrem Garten, dicht am Zaun. Christmut und ich haben sie heute Morgen gefunden."

„Wieso du?"

„Christmut hatte mich angerufen ..."

„Das ist ja furchtbar! Der arme Christmut. – Wer kümmert sich denn jetzt um ihn? Wir können ihn doch nicht alleine lassen in so einer Situation", rief Tante Mechthild aufgeregt.

„Wenn ich das richtig mitbekommen habe, wollte er Antoinette anrufen."

„Ach, Antoinette. Da ist er dann ja in besonders guten Händen. Sicher hat sie noch etwas von ihrem kräuterigen Sorgengebräu auf Lager. Da gnade ihm Gott."

Bettine, die mit einer Hitzewelle kämpfte, wurde ärgerlich. „Tante Mechthild, das finde ich nicht in Ordnung! Ich weiß, dass du und Antoinette nicht gerade Freundinnen seid und dass ihr euch in Gartenfragen das Schwarze unterm Fingernagel nicht gönnt, aber dies hier ist jetzt ein anderes Thema!" Sie entledigte sich hektisch ihrer himbeerroten Strickjacke, verwickelte sich in ihrem Seidenschal und stöhnte erbost auf.

„Bettinchen, jetzt reg dich doch nicht so auf. Du hast ja Recht. Mit uns alten Frauen ist es eben auch nicht viel anders als mit euch jungen: Kaum taucht ein passables Mannsbild auf, das ein wenig Zuwendung nötig hat, will jede gern die Erste sein. Wir gehen natürlich mit zur Beerdigung. Als Nachbarn sollten wir das wohl."

Bettine seufzte. Tante Mechthilds Gedankensprünge waren schon bemerkenswert. „Das denke ich auch. Ich vermute, dass der Chor etwas singen will. Dann muss ich noch eine Zusatzprobe dazwischenkriegen. Gleich kommt übrigens Franzi. Sie kann bis morgen bleiben. Und wenn sie dich besucht, was ich annehme, mach bitte keine Umstände."

Tante Mechthild lächelte erfreut. „Bringt Fränzchen denn ihren jungen Mann endlich mal mit?"

„Sprich sie bloß nicht auf das Thema an", sagte Bettine streng. „Sie hatte so einen merkwürdigen Unterton in ihrer Stimme. Vielleicht ist ja alles aus."

„Nein, nein, Bettinchen, mach dir keine Sorgen. Ich werde schweigen wie ein Grab. – O je!"

Ihre Nichte verdrehte die Augen gen Himmel.

Schon wieder so spät. Sie musste jetzt ein Knöllchen riskieren, wenn sie pünktlich am Lengericher Bahnhof sein wollte. Zeitgleich mit dem Zug kam sie atemlos auf dem Bahnsteig an. Sie hätte Franzi nicht gern enttäuscht. Franzi konnte manchmal empfindlich sein.

Sie nahmen sich liebevoll in die Arme. Dann trat Bettine einen kleinen Schritt zurück. „Lass dich mal ansehen. Gut siehst du aus. Das Blau passt genau zu deinen Augen. Ich dachte schon ..." Sie unterbrach sich, ärgerlich auf sich selbst.

„Was dachtest du?" Franzi lächelte ihre Mutter an. So schlimm konnte es also nicht sein.

„Deine Stimme klang anders am Telefon, zurückhaltend. Ich dachte, es wäre etwas passiert."

„Du hast Recht. Es ist etwas passiert. Aber nichts Schlimmes. Im Gegenteil. Du musst aber noch etwas Geduld haben. Ich erzähle erst, wenn wir zu Hause sind."

Kaum im Wagen, drückte Bettine energisch aufs Gaspedal.

„Mama! Hier darf man nur 70 fahren."

„Wenn du mich so auf die Folter spannst, darfst du dich über nichts mehr wundern." Der grasgrüne Bulli erreichte wunderbarerweise trotz rekordverdächtiger Zeit unversehrt sein Ziel.

„So, Mami, jetzt entspann dich mal in deinem Sessel. Ich komme gleich."

Bettine nahm ihr grünwollenes Umschlagtuch und kuschelte sich in die Kissen. Sie fröstelte ein wenig. „Dreh mal bitte die Heizung höher."

„Mach ich sofort", klang es aus der Küche. „Wo hast du denn … ach, hab sie schon gefunden."

Bettine machte große Augen, als Franzi behutsam zwei der verbliebenen Sektkelche aus Oma Malchens Aussteuer bereitstellte und den mitgebrachten Prosecco entkorkte. Sie reichte ihrer Mutter ein Glas und machte es sich auf dem Sofa bequem.

„Jetzt wollen wir auf die Zukunft anstoßen, auf das Leben." Es klirrte zart und verheißungsvoll. Bettine überkam auf einmal eine Ahnung.

„Du – du bist schwanger", platzte sie aufgeregt heraus und warf zappelig das Tuch auf den Boden.

„Dann würde ich doch keinen Alkohol trinken", erwiderte Franzi sehr vernünftig. „Eins nach dem anderen. Nein, Moritz und ich haben uns verlobt."

Bettine setzte den Oma-Kelch so unsanft ab, dass ein wenig Prosecco überschwappte. „Verlobt? Ich kenne ihn doch gar nicht! Seit wann verlobt man sich denn wieder? Papa und ich haben sofort geheiratet. Ich meine natürlich nicht, dass ihr …"

„Mama, wie oft soll ich es dir noch sagen: Ich bin nicht du! Verstehst du, ich muss nicht alles machen wie du. Moritz und ich möchten uns als Paar fühlen und zeigen, dass wir zueinander gehören. Wir werden zusammenziehen, auf Probe. Wenn das gutgeht, das heißt, ich meine …", sie verhaspelte sich etwas, „wenn wir uns dann immer noch lieben, werden wir natürlich auch heiraten. – Mama, freust du dich denn gar nicht?"

Bettine schluckte: „Doch, Franzi, ich freue mich für dich, wirklich! Es kommt nur so überraschend. Ich meine, es ist schade, dass ich deinen Moritz noch nicht kenne, sonst könnte ich mich vielleicht besser in dich hineinversetzen und mehr freuen und …“ Sie verstummte verwirrt.

„Es tut mir echt leid, dass wir vorher kein Treffen hinbekommen haben. Moritz ist so ein Arbeitstier, und in der Referendarzeit hat man auch einfach total viel zu tun. Sein Vater hat sich auch schon beklagt.“

„Also gibt es einen Vater. Kennst du den denn schon?“

„Nein, auch noch nicht. Und deshalb hatten Moritz und ich eine fantastische Idee! Wir machen eine kleine Verlobungsfeier, nichts Aufwendiges, nur du und ich und Moritz und sein Vater, also ganz privat. Wie findest du das? Dann können sich alle gleichzeitig kennen lernen.“

„Und was ist mit seiner Mutter?“

„Die Eltern sind geschieden. Schon lange. Moritz hat immer bei seinem Vater gelebt. Die Mutter hat irgendwelche Probleme. Er spricht nicht gern drüber.“

„Aha. Und wo, habt ihr euch vorgestellt, soll die kleine Feier stattfinden?“, fragte Bettine mit leicht umwölkter Miene. Allmählich dämmerte ihr etwas.

„Hier bei uns“, strahlte Franzi. „Du hast doch ein Händchen fürs Feiern. Und du kannst toll kochen. Und dekorieren.“

Bettine fühlte sich geschmeichelt. Doch sie wollte es Franzi nicht zu leicht machen. „Das bedeutet planen, putzen, einkaufen, kochen und hinterher alles wieder saubermachen und aufräumen. Ich …“

„Ich helfe dir natürlich. – Wir könnten sonst auch einen Partyservice beauftragen.“

Bettine saß auf einmal kerzengerade in ihrem Sessel. „Nein, das kommt nicht infrage. Wir nehmen einen Samstagabend, und du kommst am besten schon am Freitag davor. Dann können wir gemeinsam einkaufen und in Ruhe alles vorbereiten. Was ist eigentlich mit Tante Mechthild? Wir sollten sie auch einladen, sie würde es nicht verstehen, wenn wir ohne sie so ein wichtiges Ereignis feiern würden. Du bist immerhin ihre einzige Großnichte." Und damit war der häusliche Frieden wieder hergestellt. Bettine fühlte sich versöhnt mit Franzis Eigenmächtigkeiten und würde ein Essen kredenzen, an das sich die Herrschaften noch Jahre später mit glänzenden Augen erinnern würden.

„Jetzt hol mal unsern Wurst-Käse-Salat aus der Speisekammer. Ich back noch eben das Baguette auf."

„Wurst-Käse-Salat! Ich hab's gewusst. Weißt du, wie lange ich den nicht mehr gegessen hab? Seit Weihnachten."

„Ist keine große Arbeit. Damit könntest du bei deinem Moritz mal Eindruck schinden."

„Bei uns kocht der Mann."

Bettine grinste. „Wie außerordentlich praktisch für dich!"

„Er macht das gerne. Nein, wirklich. Moritz kocht gerne." Franzi prustete los, und schließlich ließ sich ein sehr gut aufgelegtes Duo zum Essen nieder.

„Ich finde immer, Bier passt am besten zu diesem Salat", bekannte Bettine.

„Ich auch. Prost. – Und was gibt's von dir zu berichten? Lässt du deine Haare wieder wachsen? Sieht gut aus. Was macht die Übersetzung? Hast du die Gedichte schon fertig?"

„Nahezu. Ich muss eigentlich nur noch Korrekturlesen. Aber mir geht was ganz anderes im Kopf herum, was ich mit dir besprechen wollte. Wir hatten hier einen tragischen Todesfall."

„Wer ist denn gestorben? Und warum tragisch?", fragte Franzi neugierig.

„Eine Nachbarin. Sie wohnt auf der anderen Seite von Tante Mechthild. Barbara Droste. Sie singt – sang bei mir im Kirchenchor. Ich weiß nicht, ob ich mal von ihr gesprochen habe."

„Ist das nicht die mit den goldenen Gartenzwergen? Wo Mechthild auch immer so hinterher ist?" Sichtlich ungerührt vom Tod einer ihr eher unbekannten Gartenfanatikerin leerte Franzi genießerisch ihr Glas und nahm Salat nach. „Hast du noch ein Bier?"

„Im Keller."

„Für dich auch noch eins?"

„Danke nein. Ich koch mir später noch einen Abendtee." Bettine stocherte auf ihrem Teller herum. Auf einmal fehlte ihr der Appetit.

„Und wieso tragisch?", wiederholte Franzi.

„Wir haben sie heute Morgen gefunden. Christmut, ihr Mann, und ich. Sie lag tot im Garten." Bettine schniefte, und Franzi legte liebevoll den Arm um ihre Mutter.

„Das ist ja schrecklich. Dann hast du bestimmt noch einen Schock. Das kann länger dauern, als man meint. Erzähl doch mal, das erleichtert. Warum warst du überhaupt drüben?"

„Christmut hatte mich angerufen, weil Barbara unauffindbar war und er sich schreckliche Sorgen machte. Ich wohn ja fast nebenan. Hast du mal ein Taschentuch für mich?"

Bettine putzte sich laut und nachdrücklich die Nase. „Es geht schon wieder. Jedenfalls - die Notärztin konnte nichts mehr machen. Furchtbar war das. Du bist völlig hilflos."

„Hatte sie einen Herzinfarkt?"

„Frau Dr. – wie hieß die noch? – Bauer, glaube ich, sprach von einem Genickbruch infolge eines Sturzes. Mir kommt das so unwahrscheinlich vor. Barbara machte immer einen total gesunden Eindruck. Ich meine, man stolpert nicht so ohne weiteres, wenn's nichts zu stolpern gibt, oder? Ich überlege die ganze Zeit, ob ihr nicht auch was in den Nacken gefallen sein könnte", sagte Bettine mit gerunzelter Stirn.

„Und was genau soll ihr in den Nacken gefallen sein?"

„Das ist ja das Merkwürdige: Da lag nichts. Also kein wirklich dicker Ast zum Beispiel, der von einer Orkanböe abgebrochen wurde. Nur ihre kleine Grabeschaufel. Und ein paar Blumenzwiebeln."

„Die haben, vermute ich, ein paar Gramm zu wenig", scherzte Franzi, aber ihre Mutter lachte nicht.

„Ludger war natürlich auch da."

„Ludger?" Franzi sah ratlos aus.

„Ludger Lind, unser Polizeihauptmeister. Er hat mich und Christmut befragt. Aber wir wussten ja nichts." Bettine seufzte abgrundtief.

„Also eine unklare Todesursache, wie man so schön sagt, oder? Muss die Kripo da nicht weiter ermitteln, Spuren suchen, Fingerabdrücke abgleichen ...?"

„Wovon redest du, bitte schön?", unterbrach Bettine ungeduldig ihre munter spekulierende Tochter. „Ich sagte doch: Da lag nichts. Und darum ..."

„Dann hat der Mörder die Waffe eben wieder mitgenommen", sagte Franzi sehr bestimmt und sah ihrer Mutter geradewegs in die entsetzt aufgerissenen grünblauen Augen. „Gib zu, dass du auch schon daran gedacht hast. Du bist doch hier die Krimi-Expertin: Christie, Simenon ..."

„Franzi!", rief Bettine alarmiert. „So etwas will ich gar nicht denken. Und es gibt dafür auch keine Anhaltspunkte. Sicher, der Fundort ist abgesperrt worden ..."

„Es gibt überhaupt keine Anhaltspunkte. Das ist ja das Verdächtige. Wenn der Sturm gestern einen morschen Ast abgeknickt hätte und dieser Barbara ins Genick gesaust wäre, hättet ihr den unabsichtlichen Missetäter gefunden. Das ist doch logisch."

„Weißt du, ich bin froh, dass wir keinen Ast gefunden haben. Denn ein Ast als Todesursache würde bedeuten, dass Tante Mechthild irgendwie schuldig wäre."

„Wie meinst du das? Was hat Mechthild denn damit zu tun?", fragte Franzi befremdet.

„Barbara lag unter dem alten Ahorn deiner Großtante. Sie hatte doch immer so ein Trara um die überhängenden Äste gemacht. Am liebsten hätte sie alle Bäume entlang des Zauns fällen oder zumindest rigoros kürzen lassen. Sie war eben eine Sonnenanbeterin. Das war ein alter Streit zwischen den beiden. Und wenn da morsche Äste gewesen wären, hätte Tante Mechthild die absägen lassen müssen. Ist doch klar. Wie auch immer, wir warten ab, welche Strategie Ludger weiter verfolgt." Bettine stand entschlossen auf und fing an, abzuräumen.

Franzi nahm ihr ebenso entschlossen die Teller aus der Hand. „Leg du schon mal unsern Klassiker ein. Ich gieß noch eben deinen Tee auf."

Samstag, 30. Oktober

Wider Erwarten schlief Bettine tief und traumlos bis spät in den nächsten Morgen. Sie streckte sich wohlig und hüpfte aus dem Bett. Die heiße Dusche verscheuchte den letzten Rest Müdigkeit, und der Spiegel zeigte ihr ein leicht gerötetes Gesicht mit glänzenden Augen. Eine angenehme Aufgeregtheit hatte sich ihrer bemächtigt. Franzi schien bereits bei ihrer Großtante zu sein, jedenfalls war sie nicht zu hören.

Sie goss sich eine Kanne Darjeeling auf und biss genussvoll in ein Honigbrot. Sonnenlicht beschien den appetitlich gedeckten Frühstückstisch und ließ die Chrysanthemen auf der Fensterbank golden schimmern. Bettine seufzte. Sie müsste sich eigentlich mal wieder bewegen. In den letzten Wochen hatte sie entschieden zu lange am Schreibtisch gesessen. Sie könnte heute mit Franzi durch den Wald zum Schäferhof laufen und sich in dem kleinen Hofladen anregen lassen.

Das Telefon unterbrach ihre angenehmen Gedanken.

„Mama, kannst du schnell rüberkommen? Herr Lind ist hier.“ Franzi klang alarmiert.

„Herr Lind? Ludger? Heute ist doch Samstag. Wieso ... Ich komme.“ Sie flog in ihre Jacke, knallte die Tür hinter sich zu und saß zwei Minuten später, um Atem ringend, zwischen Tante und Tochter auf dem Sofa am Kamin.

Polizeihauptmeister Ludger Lind war ein großer, etwas ungeschlachter Mensch mit sanften braunen Augen. Bart und Haare waren bereits ergraut und akkurat geschnitten. Er hockte auf der vorderen Kante eines Biedermeiersesselchens und sah äußerst unbehaglich aus. Seine Uniformjacke spannte ein wenig, denn auch Frau Lind hielt es mit der deftigen westfälischen Küche. Vor ihm lag ein kleines Notizbuch aus Kunstleder und ein dunkelgrüner Bleistift in 2B-Ausführung.

Die Teetassen schienen ebenso wie der Teller mit den selbstgebackenen Schweinsöhrchen unberührt.

„Wie gesagt, es tut mir leid, liebe Frau Rose, dass ich Sie hier so befragen muss, aber Dienst ist Dienst", sagte der Polizeihauptmeister entschuldigend und nahm jetzt doch ein Öhrchen.

„Aber, Herr Lind", antwortete Tante Mechthild und lächelte huldvoll, „ich fürchte nur, ich weiß nichts."

„Sie sind vorgestern nicht zufällig mal in Ihrem Garten gewesen?"

„Vorgestern? Ist Barbara schon so lange …" Bettine verstummte. Ludger schickte ihr einen unmutigen Blick.

„Die Fragen stelle ich. Frau Rose?"

„Also vorgestern? Da war ich doch nicht im Garten. Bei dem eisigen Nordost."

„So. Und Sie haben auch nicht mal aus dem Fenster gesehen? Zufällig? Obwohl, auf die Entfernung …"

Würdevoll nahm Tante Mechthild einen Schluck Tee. „In der Küche habe ich immer ein Fernglas liegen. Um Vögel zu beobachten. Und ich habe Barbara in der Tat gesehen. Sie hat gepflanzt."

„Gepflanzt, aha." Der Stift flog über das Papier. „Und wie spät war das wohl?"

„Nach dem Kaffee, aber vor dem Fünf-Uhr-Tee."

Verwirrt blickte der Polizeihauptmeister auf. Hier ging es augenscheinlich verschwenderisch zu. „Also gegen sechzehn Uhr."

„Da lebte sie noch" bemerkte die alte Dame mit Unschuldsmiene.

„Sonst hätte sie wohl kaum gepflanzt." Der kleine Versuch, seinerseits ironisch zu werden, traf auf taube Ohren. Er genehmigte sich ein zweites Öhrchen. „Jetzt eine andere Frage."

„Nur zu“, antwortete Tante Mechthild schnippisch.

„Kann es sein, dass Ihr alter Ahorn an der Grundstücksgrenze morsche Äste hat? Hatte?“ Bettine zuckte zusammen. Er hatte sich also eins und eins zusammengereimt und stellte doch tatsächlich diese unangenehme Frage. Tante Mechthild griff sich augenblicklich stöhnend ans Herz. Erschreckt sprangen alle auf.

„Frau Rose! Um Himmels willen.“

„Meinen Spray, Bettinchen. Auf der Anrichte.“ Die Medizin tat unverzüglich, was sie tun sollte, und die alte Dame riss sich heldenhaft zusammen. „Ihre Frage impliziert eine Anschuldigung, die ich mir nicht bieten lassen muss, Herr Wachtmeister.“

„Polizeihauptmeister, liebe Frau Rose. Ich meinte doch nicht …“

„Sie meinten sehr wohl. Aber Sie sind auf der falschen Spur. Anfang Oktober kommt immer BaumBerger und schaut sich alle Bäume ganz genau an.“ Triumphierend blickte sie ihn an.

„BaumBerger?“, fragte Herr Lind verwirrt.

„Das ist ein Garten- und Landschaftspflegebetrieb“, mischte Bettine sich ein. „Denen entgeht nichts, die arbeiten äußerst gewissenhaft. Franzi, geh du bitte mit Tante Mechthild nach oben, damit sie sich ein wenig ausruhen kann.“

„Kommt nicht infrage, mir fehlt nichts“, protestierte ihre Tante. Doch Franzi hakte sich bei ihr ein und zog sie freundlich und zielstrebig mit.

„Darfst du überhaupt solche Fragen stellen, Ludger?“, fragte Bettine mit derart frostiger Stimme, dass der Polizeihauptmeister sich kilometerweit fortwünschte.

„Äh, es tut mir wirklich schrecklich leid, dass deine Tante sich so aufgeregt hat. Ich ahnte ja nicht, dass sie etwas am Herzen hat“, antwortete er zerknirscht und wagte nicht, das dritte Öhrchen, das in seiner Linken schon ein wenig klebrig geworden war, in den Mund zu stecken. „Ich ermittle gewissermaßen halboffiziell. Das muss aber unter uns bleiben, bitte“, druckste er herum und sah Bettine betreten an. „Mir will die Diagnose ‚Tod durch Unfall‘ nicht so ganz einleuchten.“

„Mir auch nicht“, antwortete Bettine mit leisem Schrecken in der Stimme. „Weißt du Genaueres?“

„Darf ich dir eigentlich nicht sagen, aber ... also gut. Barbara hatte gestauchte, angebrochene Handgelenke und Prellungen an den Knien. Das heißt, sie ist mit voller Wucht auf Hände und Knie gefallen. Laut ihrer Hausärztin hatte sie leichte Kreislaufprobleme. Etwas niedrigen Blutdruck. Ich meine, wenn einem schwindlig wird, fällt man anders. Nicht mit dieser Wucht. Christmut ist bereits darüber informiert, dass der Totenschein ausgestellt ist und dass seine Frau beerdigt werden kann.“ Ludger schwieg beklommen.

„Hast du den Fundort untersucht?“

„Ich hatte die Kriminaltechnik aus Münster angefordert. Der Kollege hat keine relevanten Spuren gefunden. Der Boden war natürlich sehr hart. Es lag auch nichts zum Stolpern herum. Die Angelegenheit ist erst mal ad acta gelegt. Das ist alles sehr unbefriedigend.“

„Verstehe. Sehe ich genauso. Und dann hast du weitergedacht und bist auf die Idee gekommen, dass vielleicht ein morscher Ast herunterkam. Soweit waren Franzi und ich auch schon mit unseren Überlegungen. Aber es gab ja keinen morschen Ast unterm Ahorn auf Drostes Seite. Trotzdem. Wir sollten ganz sicher gehen. Wenn du möchtest, kann ich dich in den Garten begleiten. Dort kannst du dich an Ort und Stelle vom Zustand des Ahorns überzeugen“, bot Bettine hilfsbereit an.

„Nein – nein, das ist, glaube ich, nicht nötig. Vielleicht gibst du mir Anschrift und Telefonnummer des Gartenbetriebs. Ich werde mich dann direkt mit denen in Verbindung setzen. Ich gehe davon aus, dass die mir bestätigen werden, dass der Garten deiner Tante vorbildlich in Ordnung gehalten wird."

„Sonst hätte sie wohl kaum den ‚Silbernen Gartenzwerg' beim ‚Tag der offenen Gartenpforte' bekommen."

„Du hast vollkommen Recht. Dann will ich mal los." Er steckte den Zettel mit der Adresse in sein Notizbuch und beides samt Stift und Öhrchen in die Tasche seiner Uniformjacke.

„Danke, Ludger. Für dein Vertrauen. Bis Sonntag also."

„Bis Sonntag, Bettine."

Draußen wanderte das Öhrchen dann doch noch in den Mund.

Sonntag, 31. Oktober

„Das passt mir jetzt aber gar nicht gut, Bettine.“ Antoinette Schmidt blockierte unmutig die Eingangstür. Sie hatte eine adrette blauweiß karierte Schürze umgebunden.

„Keine Sorge, ich hab nur eine Frage. Es geht um deine Gänse.“

Bei der Erwähnung ihrer munteren Schar strahlte das Gesicht der alten Dame auf. „Na gut, wenn’s nicht lange dauert. Komm eben rein.“

Bettine schälte sich aus ihren Wintersachen, zog auch die dicken Schuhe aus und stellte sie ordentlich auf die Matte. Sie nahm sich ein Paar Besucherpuschen und folgte Antoinette in die Küche.

„Mhm, das riecht hier aber lecker.“

„Lass mich eben die Soße anrühren. Christmut kommt heute zum Essen. Ich hatte noch ein wenig Gans eingefroren, dazu reiche ich Rotkohl und Spätkartöffelchen. Zum Nachtisch gibt’s in Portwein eingelegte Zimtpflaumen mit Vanillesahne. Der arme Junge.“ Sie seufzte.

„Es ist sehr einfühlsam von dir, ihn in diesen Tagen mal zum Essen einzuladen. Sicher kocht er nicht für sich alleine. Wenn er überhaupt kochen kann. Wir könnten uns auch abwechseln. Mit dem Einladen, meine ich. Bis er wieder in der Schulmensa isst. Aber es ist schon erstaunlich, wie er sich ansonsten hält, oder nicht?“

Antoinette sah ihre Besucherin fragend an.

„Ich meine, wie er heute Morgen trotz aller Sorgen im Gottesdienst gesungen hat, war schon bemerkenswert.“

„Ach das meinst du. Ja, er hat uns alle verzaubert. Einige Gänse aus dem Sopran haben sich sogar während des Singens zu ihm umgedreht. Das gehört sich einfach nicht. Mitten in der Motette.“ Sie rührte heftig in der Soße.

„Aber doch auch verständlich“, antwortete Bettine beschwichtigend. „Apropos Gänse. Hättest du eine für mich? Für nächsten Samstag?“

„Nächsten Samstag?“ Antoinette stellte den Topf beiseite und nahm den Küchenkalender von der Wand. Sie setzte sich zu Bettine an den Tisch und schlug die aktuelle Seite um. Eine appetitlich angerichtete Martinsgans prangte in der oberen Hälfte und ließ beiden das Wasser im Munde zusammenlaufen.

„Hast du Gäste?“

Bettine straffte sich. „Ja. Wir werden zu viert, nein, zu fünft sein.“

„Erwachsene?“

„Ja – ja.“

„Sind auch Herren dabei?“ Antoinette fing Bettines erstaunten Blick auf. „Wegen der Fleischmenge. Nur wegen der Fleischmenge“, beeilte sie sich zu erklären und beugte sich tiefer über den Kalender.

Bettine zuckte die Achseln. „Okay. Zwei Männer, zwei Frauen. Und eine Seniorin, wenn du es genau wissen willst.“

„Lass mich mal sehen – ja, ich denke doch, dass drei Kilo reichen werden. Dann wird wohl Helene die Glückliche sein.“

„Deine Gänse haben Namen?“ Bettine war befremdet.

Antoinette lächelte. „Irgendwie muss ich sie doch auseinanderhalten. Und sie hören sogar auf ihre Namen“, setzte sie voller Stolz hinzu. „Du kannst sie am Freitag fix und fertig abholen. Sagen wir um vier, ja? Du brauchst sie dann nicht mehr einzufrieren, der Kühlschrank reicht ihr.“ Sie machte ihre Eintragung, während Bettine sich zögernd erhob.

„Danke, Antoinette. Tja, dann geh ich mal wieder.“

„Du findest alleine raus? Ich möchte jetzt nämlich die Sahne schlagen.“

„Kein Problem. Grüß Christmut von mir. Und guten Appetit euch beiden.“

Bettine verstaute die ‚Brandenburgischen Konzerte‘ in ihrer Hülle. Bach hatte ihr den Kopf wieder frei gemacht. Und nun hatte sie die Übertragung der Cécile-Sauvage-Gedichte vor sich, denen sie den letzten Schliff geben wollte, bevor sie sich endgültig von ihnen trennen würde.

Sie starrte auf den Bildschirm, ihre Gedanken schweiften ab. Die Vorstellung, dass Antoinette ihre Nutztiere mit Namen bedachte, wollte ihr gar nicht schmecken. Und noch etwas war komisch gewesen. Die anfänglich leichte Verstimmung passte so gar nicht zu der stets freundlichen, manchmal fast zu freundlichen Art der Altistin. Bettine hatte für ihre Bestellung natürlich eine völlig unpassende Zeit gewählt. Sie hätte sich denken können, dass ihre allein stehenden Chormitglieder nach der festlichen Gestaltung des Elf-Uhr-Gottesdienstes erst abends kochen konnten. Sicher hing es damit zusammen. Energisch rief sie sich zur Ordnung.

‚In diese helle Tasse, in der ein Kreis aus Gold glänzt‘. Sie betrachtete es als ein Privileg, Cécile Sauvage ins Deutsche übertragen zu dürfen. Die kraftvolle poetische Sprache versetzte sie immer wieder in Begeisterung. Selbst der Tod ließ sich leichter ertragen, wenn er als beißender und eiskalter ‚Kuss des Lebens‘ daherkam. Na ja, etwas salopp formuliert. Und wenn sie es recht bedachte, eigentlich doch nicht alltagstauglich.

Jetzt saß Christmut wahrscheinlich schon bei Antoinette und ließ sich die Gans schmecken. Hoffentlich. Sie durften von einem frischgebackenen Witwer nicht zu viel erwarten. Barbara war gerade mal eine Woche tot. Die Trauerfeier sollte in einer Woche sein, während des Sonntagsgottesdienstes, die Urnenbeisetzung zu einem späteren Termin. Bettine seufzte und beschloss, das Kartoffelgratin doch schon sofort aufzuessen. Dazu passte das Landbier, von dem Gott sei dank noch eine halbvolle Kiste im Keller stand. Später würde sie versuchen, Franzi zu erreichen. Ihretwegen konnte die Verlobungsfeier am kommenden Samstag stattfinden, als willkommene Abwechslung sozusagen.

Mittwoch war Ludger mit der Firma BaumBerger bei Tante Mechthild verabredet. Das würde noch spannend werden. Mit einem eher harmlosen Agatha-Christie-Krimi (wenn sie daran dachte, was im wirklichen Leben passierte) begab Bettine sich zu Bett.

Mittwoch, 3. November

Bettine saß bei Tante Mechthild in der warmen Küche, und sie schlürften gemeinsam ihren Kakao mit Schuss. Der erwärmte auf angenehme Art und beruhigte die Nerven.

Es war halb zehn. Vor dem Haus parkte der BaumBergersche Firmenwagen, und Herr Vogt, der Baumexperte, hatte sich vor zehn Minuten in den Garten zu dem Verdächtigen Nummer eins gesellt. Gut, dass es windstill und trocken war.

Sie warteten auf Ludger. Sicher kam er zu Fuß, denn wenn es nicht unbedingt nötig war, verzichtete er gern auf den Blaulichtwagen.

Es schellte. Tante Mechthild erhob sich gemächlich. „Guten Morgen, mein lieber Herr Lind. Sie sind etwas spät dran, oder? Herr Vogt wartet bereits beim Ahorn."

„Spät? Äh – ich dachte …", verhaspelte Ludger sich, während er versuchte, seinen Bonbonrest unauffällig in der Backentasche zu verstauen. „Erst mal Guten Morgen, Frau Rose. Es tut mir leid, dass ich Ihnen diese Ungelegenheiten bereiten muss, aber …"

„Aber was sein muss, muss sein. Ich weiß. Und es ist ja wirklich wichtig. Kommen Sie bitte mit."

Über die hölzerne Kellertreppe erreichten sie die ehemalige Garage, in der Tante Mechthild ihre Gartengeräte und den komfortablen Rasenmäher aufbewahrte. Bettine gesellte sich dazu, und zu dritt betraten sie die mit bereits verwitterten Holzbohlen verlegte Terrasse, von wo aus man einen überwältigenden Blick über den fast zwei Hektar großen sanft abfallenden Waldgarten hatte.

Ludger zog geräuschvoll die Luft ein. „Das nenne ich ein stattliches Anwesen. Jede Menge Arbeit, würde ich mal sagen. Haben Sie denn jemanden, der Ihnen hilft?"

„Einiges mache ich noch selber, aber natürlich nicht alles. ‚Untätigkeit schwächt, Übung stärkt, Überlastung schadet'." Schelmisch legte Tante Mechthild ihren Kopf mit der dunkelgrauen Pelzkappe schräg und lächelte den Polizeihauptmeister an.

Der grinste anerkennend: „Sebastian Kneipp. Ja, wenn Sie's mit dem halten, wundert mich gar nichts mehr." Über teils moosige, rechtwinklig angelegte Wege erreichten sie schließlich an mehreren Baumriesen vorbei den besagten Ahorn. Herr Vogt war nicht zu sehen.

„Herr Vogt?" Suchend sahen sie sich um.

„Hier!" Der Baumexperte kam mit schnellen Schritten weiter westlich einen Waldweg herunter. „Ich habe Sie gesucht. Ich hoffe, es ist in Ordnung, dass ich Herrn Ostmann, unseren Baumkletterer, verständigt habe. Er kann dann, direkt im Baum, vergleichen und bestätigen, was ich aus dem Arbeitsbericht vorlese." Fragend schaute er in die Runde.

Ludger räusperte sich: „Lind, Polizeihauptmeister. Wir haben telefoniert. Ich bin froh, dass wir so schnell einen Termin gefunden haben, denn für die alte Dame hier ist das eine üble Geschichte. Und je schneller jeglicher Verdacht aus dem Weg geräumt ist, desto besser." Tante Mechthild lächelte ihm sanft zu, und Bettine nickte nachdrücklich.

„Vielleicht können Sie, Herr Vogt, uns schon mal im Vorfeld etwas zu Ihrer Arbeit erklären. Ich kenne mich da gar nicht aus. Sind auch Maschinen im Einsatz?"

„Aber sicher, Herr Lind", antwortete Herr Vogt belustigt. „Sehen Sie, aus dem Rapport können wir genau entnehmen, welche Maschinen bei Frau Rose am 10. Oktober zum Einsatz gekommen sind: Hubsteiger, Motorsägen, Heckenschere, Laubpuster und ein 18-Tonner für den Holztransport mit Ladekran." Er lachte, als er die beeindruckten Gesichter sah.

„Das ist nichts für Laien. Da müssen Experten ran. Ich beschäftige zur Zeit acht Gärtner, die selbstverständlich auch als Baumpfleger ausgebildet sind, und zwei Baumkletterer. Das ist noch mal eine Zusatzausbildung, die besondere Voraussetzungen verlangt. Übrigens, Frau Rose, nach dem überaus heftigen Sturm der letzten Tage sollten wir hier möglichst bald noch einmal alles auf Windbruch hin überprüfen. – Da kommt unser Mann. Morgen, Bert. Das ist Polizeihauptmeister Lind, und die Damen kennst du ja bereits. Los geht's. Was haben wir denn hier? ‚Kroneneinkürzung einer amerikanischen Eiche' – Entschuldigung, falsche Zeile. ‚Kronenpflege eines Bergahorns durch Auslichten und Ausasten'. Dadurch haben wir die Baumkrone aufgelockert und trockenes Holz entfernt. Außerdem wurde aufgeastet, das heißt, untere Äste wurden weggenommen, um das Lichtraumprofil freizuhalten. Aber das brauchen wir ja in diesem Fall nicht zu überprüfen. Das kann kein anderer Bergahorn sein, Frau Rose, oder?"

Tante Mechthild schüttelte den Kopf. „Nein, nein, der Bergahorn weiter unten ist im Vorjahr von Ihnen gefällt worden. Zusammen mit meiner Lieblingseberesche", setzte sie betrübt hinzu.

„Gut. Dann kannst du jetzt loslegen, Bert."

„Okay, Chef."

Fasziniert sah Bettine zu, wie der junge Mann sich für die Baumbesteigung fertigmachte. Sie wusste, dass er im Ernstfall auch noch eine Motorsäge halten und betätigen musste, und versuchte sich vorzustellen, mit welchen Gefühlen so ein Mensch im Baum hing. Für sie wäre das jedenfalls nichts. Sie war nicht schwindelfrei, und das bloße Zusehen bereitete ihr bereits mulmige Gefühle. Dennoch hingen ihre Augen wie gebannt an dem Mann, der sich langsam, scheinbar schwerelos der Krone näherte. Es dauerte eine geraume Weile, bis der Kletterer die Baumkrone und alle aufgeasteten Stümpfe überprüft hatte, aber die Untenstehenden hatten keine Langeweile. Nur der Polizeihauptmeister schien etwas abgelenkt und mit seiner Uniform unzureichend bekleidet. Er rieb sich seine Oberarme und stampfte mit grimmigem Gesichtsausdruck hin und her.

„Hier stimmt was nicht."

„Was ist los?"

„Hier stimmt was nicht, Chef. Ich komm runter." Bettine und Tante Mechthild wechselten einen beunruhigten Blick, während Bert Ostmann mit einem eleganten Sprung aus etwa einem Meter Höhe sicheren Boden unter die Füße bekam. „Kronenpflege und Aufasten ist alles korrekt. Nur – ein starker Ast fehlt. Ich meine, da ist eine Schnittstelle zuviel. Das heißt, ein weiterer Ast wurde abgesägt, vielmehr: angesägt. Natürlich nicht von unserer Firma."

Seine Zuhörer sahen ihn ungläubig an. „Ja – aber, von wem denn dann?", fragte Tante Mechthild ratlos.

„Sieht fast nach einem Profi aus, aber ..." Der Baumkletterer kratzte sich am Kopf.

„Mach's nicht so spannend", brummte sein Chef ungeduldig.

„Moment", mischte Ludger sich ein. „Ab jetzt ist das eine polizeiliche Ermittlung."

Er zog sein Buch und diesmal einen schwarzen Kugelschreiber, der einen amtlichen Eindruck machte, hervor und begann, sich Notizen zu machen. Bettine hakte ihre Tante unter.

„Also. Es handelt sich um einen Ast mit einem Durchmesser von circa 22 Zentimetern. Wachstum Richtung Nordost. Und zwar circa zwei Meter über den Zaun vom Nachbargrundstück", erläuterte Bert Ostmann.

„Aber wieso ..."

„Momentchen", unterbrach der Polizeihauptmeister unhöflich den Baumexperten. „Woran erkennen Sie, dass hier eine fremde Person gesägt hat?" Streng blickte er den jungen Mann an, doch der ließ sich nicht aus der Ruhe bringen.

„Erstens ist unser Schnitt dokumentiert, Baum für Baum, Ast für Ast. Hier ist ein Ast zu viel unter die Säge gekommen. Zweitens würde keiner von uns unsauber sägen. Ich spreche hier von einer unsauberen Sägekante. Und einer Bruchstelle."

Bettine räusperte sich. „Sie meinen also, dass der Ast nicht abgesägt, sondern nur kräftig angesägt worden ist, sodass der starke Sturm vom Wochenende leichtes Spiel hatte. Es hat geknackst, und er ist runtergesaust. Ohne jeden Zweifel, oder?"

Der Baumkletterer nickte ihr zu. „Ohne jeden Zweifel."

„Sie sagten eben, der Ast ragte über den Zaun auf das Nachbargrundstück hinüber. Musste der nicht auch abgesägt werden? War das eventuell ein Versäumnis Ihrerseits?", wollte Ludger wissen.

„Nein. Wir haben uns damals gegen den Schnitt entschieden, weil der Ast völlig gesund war. Nur krankes oder totes Holz wird beseitigt, um die Gefahr des Herabfallens auszuschließen." Herr Vogt fixierte seinen Mitarbeiter. „Also noch mal. Du bist dir ganz sicher, dass du dort nicht gesägt hast? Und dass der Ast am 10. Oktober nach Feierabend noch an seinem Platz war?"

„Hundertprozentig sicher, Chef."

„Ich konstatiere, dies ist ein Indiz, das auf einen gewaltsamen Tod hinweisen könnte. Denn dieser Ast, der angesägt und nun nicht mehr an seiner Stelle ist, könnte bei einer der äußerst heftigen Orkanböen von Donnerstagnachmittag abgebrochen und im Nacken von Frau Droste gelandet sein. 22 Zentimeter Durchmesser – ich meine, das langt." Ludger blickte triumphierend in die Runde.

„Dies ist auch ein Indiz, dass meine Tante von jeder Schuld freispricht." Bettines Augen blitzten. „Oder will jemand unterstellen, dass eine 79-jährige Dame mit einer Motorsäge auf einen meterhohen Ahorn klettert und einen Ast ansägt, um …" Sie verstummte.

„Wir waren zwar nicht gerade beste Freundinnen, aber ich hätte Barbarachen doch nie und nimmer ermorden können." Tante Mechthild seufzte abgrundtief. „Ach, ist das alles unerfreulich. Wir wollen ins Haus gehen und bei einer Tasse Tee weiterplaudern. Leisten Sie uns Gesellschaft, meine Herren."

„Das geht leider nicht. Herr Ostmann und ich haben noch einen anderen Termin. Wenn Sie uns hier nicht mehr brauchen …"

„Geht in Ordnung. Danke für Ihre Mühe. Toller Job, sowas", sagte Ludger anerkennend und strebte den beheizten Räumen zu.

Tante Mechthild hatte das runde Biedermeiertischchen am Kamin mit dem blauen Töpferservice gedeckt. Bettine hatte es ihr im Vorjahr von Juist, ihrer beider Lieblingsinsel mitgebracht. Der Ostfriesentee in seiner herben Süße weckte dementsprechend freundliche Erinnerungen, und das dick gebutterte Rosinenbrot bildete eine durchaus passende Ergänzung.

Ludger seufzte behaglich und betupfte seine glänzenden Lippen mit der Serviette. „Eines wollen wir noch mal festhalten: Sie, meine liebe Frau Rose, trifft keinerlei Schuld. Sie sind fein aus dem Schneider. Schade, eigentlich." Er stutzte und wurde knallrot.

Bettine half ihm zu ihrer eigenen Überraschung entgegenkommenderweise aus dem Fettnäpfchen. „Wir verstehen, wie du's gemeint hast, stimmt's, Tante Mechthild?" Ihre Tante sah sie fragend an. „Na, es gäbe keinen Fall, sondern lediglich einen Unfall. Für Barbara macht das ja keinen Unterschied, aber für Christmut mit Sicherheit. Und du, Ludger, musst jetzt einen Täter und seine Waffe finden."

„Den Ast", berichtigte Ludger. „Wie wir wissen, ist er am Tatort unauffindbar. Das bedeutet, dass der Täter ihn mitgenommen haben muss."

„Nicht mitgenommen", trumpfte Tante Mechthild auf. „Er muss noch mal zurückgekommen sein. Sie glauben doch wohl nicht, dass er bei dem Unwetter die ganze Zeit auf der Lauer gelegen und beobachtet hat, wie das Ding runtergesaust kam. Nein, er hat irgendwann kontrolliert, ob alles geklappt hat, und sich dann mit dem Ast davongemacht." Sie schenkte nach.

„Wenn ich der Mörder wäre", überlegte Bettine laut, „hätte ich den Ast einfach verbrannt." Ein verheerender, aber einleuchtender Gedanke. Ludger ärgerte sich ein wenig über Bettines rasche Kombinationsgabe. Andrerseits fühlte er sich angenehm angeregt.

„Im Kamin, denke ich mal. Ein schönes warmes Feuerchen ist in dieser Jahreszeit völlig unverfänglich." Versonnen sah er in die Flammen.

„Gehen wir mal davon aus, dass der Ast das Mordwerkzeug ist und verbrannt wurde. Das heißt, er kann uns vermutlich nicht mehr zum Täter führen. Wir müssen also nach dem Motiv fahnden. Sowieso. Warum wollte oder musste jemand Barbara beseitigen?" Wie selbstverständlich sprach Bettine im Plural.

Alarmiert schaute Ludger auf. „Das ist eindeutig Polizeiarbeit, Bettine, nichts für Laien. Wir haben es schließlich mit einem Mörder zu tun. Er könnte ohne weiteres noch einmal zuschlagen, falls er sich in die Enge getrieben fühlt. Also unternimm bloß nichts auf eigene Faust."

„Musst du die neue Beweislage nicht der Kriminalpolizei mitteilen?"

„Muss ich wohl. Aber die haben sicher nichts dagegen, wenn ich meinen eigenen Grips ebenfalls anstrenge."

„Ich könnte dir zuarbeiten. Ich kenne jede Menge Leute, auch mit Kamin, und könnte mich unauffälliger als du umhören. Klatsch und Tratsch, verstehst du?" Bettine lächelte ihn an.

Der Polizeihauptmeister rief sich ihre rasche Kombinationsgabe in Erinnerung. Warum eigentlich nicht? „Aber du musst verdammt vorsichtig sein!"

„Aber das ist doch unlogisch!", ließ sich Tante Mechthild bekümmert vernehmen.

„Was meinen Sie denn, Frau Rose?"

„Sie haben sich in Ihren Ast verrannt. Du dich auch, Bettine. Der kann schon viel früher mal runtergekommen sein. Der Mörder kann auch mit irgendeinem anderen schweren Gegenstand Barbara umgehauen haben. Wenn er ihn sowieso mitgenommen hat. Ich meine, da er ihn mitgenommen hat..."

„Ist schon gut, ich hab's verstanden. Sie haben vollkommen Recht. Dann müsste er Barbara allerdings aufgelauert haben, was eher unwahrscheinlich ist. Bleibt natürlich, dass der Ast nicht von der Firma BaumBerger angesägt wurde. Theoretisch könnte Frau Droste selber die Säge in die Hand genommen haben, um mehr Licht in ihren Garten zu bringen. Dazu müsste ich ihren Mann befragen. Eine verzwickte Geschichte, das." Resigniert lehnte er eine weitere Tasse Tee dankend ab und verabschiedete sich mit Leichenbittermiene von seiner zuvorkommenden Gastgeberin.

Düster betrachtete Bettine das weiße Blatt auf ihrem Schreibtisch. Die schwierigste Frage bei jeder Detektivarbeit war die, wo man anfangen sollte. Sie nahm das Lineal und zog einen senkrechten Strich. Vielleicht sollte sie sich das

Opfer mal näher anschauen und Barbaras positive und negative Eigenschaften auflisten. Sie dachte nach. Barbara hatte einen wunderschönen weichen Sopran gehabt und in Gottesdiensten häufiger mit solistischen Einlagen glänzen können. Das hatte natürlich zu Eifersüchteleien geführt, die sich aber immer im Sande verliefen, da Barbara völlig uneitel und ansonsten eher unauffällig gewesen war. Aber sie hatte ein Händchen fürs Gärtnern, sozusagen den grünen Daumen par excellence. Ihr Garten hatte seinen eigenen Charakter. Was immer sie plante und pflanzte, wuchs und gedieh aufs Vortrefflichste. Sie hatte, aus Bettines unmaßgeblicher Sicht, kurios übertriebene gestalterische Ideen, hatte Sichtachsen mit einbezogen, Aussichtsplätze geschaffen, mehrere Gebiete nach Farben geordnet und mit Hecken oder kleinen Mauern eingefasst, sodass so genannte Gartenzimmer entstanden. Die Fülle an Stauden, Büschen, kleinwüchsigen Bäumen und unzähligen Blumenarten wurde also durch eine gegliederte Ordnung gebändigt. Rund ums Jahr blühte etwas. Besucher, die immer erwünscht waren, bestaunten besonders den ‚Weißen Garten', kreiert in Anlehnung an dessen Schöpferin, die englische Schriftstellerin und Gartenkünstlerin Vita Sackville-West.

Die meisten Gartenfreunde, auch von weither, kamen am ‚Tag der offenen Gartenpforte' im Juni, wenn die Rosenblüte ihren Höhepunkt erreicht hatte. Sie konnten dann gleich mehrere Gärten im Ort besuchen. Es wurden Getränke und Gebäck gereicht, und es entstand eine lustvolle, fast zeitlose Atmosphäre just bis zu dem Zeitpunkt, an dem die Jury auf dem Marktplatz den Jahressieger kürte und mit dem begehrten ‚Goldenen Gartenzwerg' belohnte. Alle waren sich einig, dass er Barbara gebührte, wenn auch Tante Mechthild im letzten Sommer recht bissig etwas von „Bestechung" gemurmelt hatte.

Bettine streckte sich, gähnte herzhaft und legte das Blatt, auf dem sie sich einige Notizen gemacht hatte, vorerst an die Seite. Für heute hatte sie genug von Opfern, Tätern und Motiven. Und von Gänsen. Sie wollte sich nur eben noch die E-Mails durchlesen. Die Werbung klickte sie unbesehen weg, der Verleger musste bis morgen warten. Aber hier. Franzi schrieb: „Liebe Mama, schön war's bei dir. Moritz lässt dich unbekannterweise herzlich grüßen, wird sich aber noch persönlich bei dir melden, wegen bedanken und so. Gibt's etwas Neues in eurem Fall? Kannst du dir übrigens vorstellen, dass Christmut eine Freundin hat? Ich hab ihn gestern in ziemlicher Zweisamkeit im *Bücher und mehr* gesehen. Sie war höchstens so alt wie ich. Regennasse Grüße aus der großen Stadt, deine Franzi."

Bettine war niedergeschmettert.

Donnerstag, 4. November

Bettines Laune war auf dem Gefrierpunkt angekommen. Sie hatte gestern Abend noch länger mit Franzi telefoniert. Der Loyalitätskonflikt, in dem sie sich befand, hatte ihr eine unruhige Nacht beschert. Selbst einer Miss Marple, die derzeit in einem Pfarrhaus recherchierte, gelang es nicht, sie zu beruhigen. Franzis Mutmaßung, Christmut hätte möglicherweise eine Freundin, warf unschöne Fragen auf, denen sie sich eigentlich nicht stellen mochte.

Doch ihr unbestechliches Gewissen rumorte und drängelte. Schließlich griff sie grimmig zum Telefon. „Bettine hier … Guten Morgen, Ludger. Bist du gleich im Büro? … Gut. Ich muss dir was erzählen. Wie? … Ja, könnte sein. Bis gleich also."

Das Wetter war, wie angekündigt, umgeschlagen. Es war bitterkalt und roch nach Schnee. Trotz des komfortablen Daunenmantels, der in seinem satten Rot so vorteilhaft mit ihrem Haar harmonierte, fröstelte Bettine. Sie ging rascher den Berg hinunter, den Blick an den Boden geheftet und tief in Gedanken. Sonderbar, dass niemand geahnt hatte, dass Christmut eine Freundin hatte. Oder doch? Vielleicht war nur sie, Bettine, die immer geradeheraus sagte, was sie dachte, die Ahnungslose, Vertrauensselige? Die Dumme? Wie würde Ludger reagieren? Würde er Christmut als Täter in Betracht ziehen? Heftig stieß sie die Tür zum Polizeibüro an der Talstraße 10 auf.

Ludger eilte ihr entgegen. „Hallo, Bettine. Was kann ich für dich tun?"

„Erstmal meinen Mantel aufhängen!", brummte sie.

„Ja klar. Setz dich bitte." Er schob ihr einen Stuhl zurecht, hart wie eine Sünderbank. „Kaffee?"

„Wenn du einen fertig hast."

„Kein Problem. Meine Frau hat mir diese wunderbare Maschine geschenkt, da kannst du in nullkommanix alles von haben: Cappuccino, Espresso, Latte ..."

„Ich hätte am liebsten eine ganz normale Tasse Kaffee. Wenn das auch geht."

„Aber sicher." Kurze Zeit später schlürften sie ihren frisch gebrühten Kaffee mit Bedacht und in einträchtigem Schweigen.

„So siehst du schon viel besser aus." Bettine zuckte leicht zusammen. „Ich hab mir grad richtig Sorgen gemacht, so blass warst du. Du wirst doch nicht etwa krank?" Besorgt musterte Ludger seine Besucherin.

„Nein, mir geht es gut. Das heißt ..." Bettine schluckte.

„Na, nur raus mit der Sprache. So schlimm kann es doch nicht sein", sagte Ludger in seinem beschwichtigendsten Tonfall, den er zum Beispiel auch für eingeschüchterte Zeugen bereithielt.

„Christmut hat eine Freundin! Vermutlich."

Der Polizeihauptmeister pfiff durch die Zähne. „Woher hast du diese Information?"

„Von Franzi. Sie hat ihn mit einer jüngeren Frau gesehen. In einem Café in Münster."

„In welchem Café genau?"

„Im *Bücher und mehr*. Dem Buchladen, wo du auch etwas trinken kannst. Ich weiß nicht, ob du den kennst."

„Kenn ich. Von früher." Ludger notierte etwas, sah dann Bettine bekümmert an. „Du weißt, was das bedeutet? Als Erstes muss ich den Sachverhalt überprüfen. Das heißt, ich muss Franzi da mit reinziehen."

„Das ist mir auch schon klar geworden. Das ist nicht das Problem."

Sie fixierte finster ihr Gegenüber, doch Ludger hielt ihrem Blick stand. „Ich weiß, was du meinst, Bettine. Ich kann

Christmut noch nicht als Mörder sehen. Aber wenn er wirklich eine Freundin hat, hätte er auch ein Motiv.“ Er straffte sich. „Unser Gespräch darf auf keinen Fall an die Öffentlichkeit dringen. Das würde meine Ermittlungsarbeit behindern.“

„Weiß ich doch. Hier, ich hab dir Franzis Handynummer aufgeschrieben, Festnetz hat sie nicht.“ Sie schob ihm den Zettel über den Tisch.

„Du denkst aber auch mit“, sagte Ludger bewundernd.

„Natürlich denke ich mit“, war die ganze Antwort, und Bettine erhob sich würdevoll.

Die Küche duftete nach Pizza und es war wohlig warm. Alles war bereit, um wenigstens die Magennerven zu beruhigen. Allerdings könnte der Bus sich verspäten, denn es schneite seit ungefähr zwei Stunden ohne Unterlass, und der Räumdienst kam sicher nicht hinterher. Bettine war froh, dass Franzi gleich heute kommen konnte, denn Unangenehmes brachte sie gerne möglichst zügig hinter sich.

Ludger hatte mitgeteilt, dass er die Befragung im *Bücher und mehr* noch zurückstellen und erst mit Franzi sprechen wollte.

Er würde um drei Uhr bei ihnen sein. Das war Bettine sehr recht, da die Stimmung hier bei ihr doch wesentlich entspannter sein dürfte. Um sich abzulenken, brachte sie Friederike und Josefine einige Salatblätter und Petersilienstängel, die sie ihr, verfressen, wie sie waren, aus der Hand rissen. Der Wasserspender müsste auch mal wieder gereinigt werden. Dann blätterte sie stirnrunzelnd ihre Klaviernoten durch und entschied sich für Händel. Beim raschen Tempo der kleinen ‚Impertinence‘ ließ ihre Anspannung etwas nach.

„Hallo, Mama!“ Ein Schwall kalte Luft drang gleichzeitig mit Franzi in die Diele. „Der Bus hat endlos gebraucht! Und mehrere Autos sind liegen geblieben. Mhm! Hast du Pizza gemacht?“ Sie öffnete den Backofen. „Die ist fertig.“ Sie griff sich die Topflappen und stellte das Blech zwischen sich und ihre Mutter auf den alten Kieferntisch, dessen Furchen und Verfärbungen von einer bewegten Vergangenheit zeugten.

„Ich bin gespannt, was Ludger, äh, Herr Lind, fragen wird. Er ist etwas unbeholfen, stimmt's?“

„Ich kenne ihn ja in erster Linie als Chorsänger. Er ist unbeholfen, da hast du Recht. Aber er ist vor allen Dingen gutmütig und unbestechlich. Das finde ich letztendlich wichtiger als ein supercooles Auftreten.“

„Du warst ganz schön sauer auf ihn, als er Mechthild so ungeschickt ausgehorcht hatte.“

„Ich war nicht sauer, ich war bitterböse. Und beängstigt wegen ihrer Herzattacke. Es fehlt ihm hin und wieder am nötigen Feingefühl, aber ich hoffe, dass ihm diese Episode eine Lehre sein wird.“

„Und wann kommt er?“

Bettine sah auf die Uhr. „In einer halben Stunde.“

„Oh! Dann guten Appetit.“

Ludger war diesmal sehr pünktlich und in Zivil. Die dunkelblaue Strickjacke aus Tweedwolle umhüllte seine Mitte auf vorteilhafte Weise. „Hier riecht es aber lecker! Pizza, würde ich sagen. Die macht Frau Lind leider nie. Wir müssen ja vor allem gegen unser Gemüse anessen“, sagte er bedauernd.

Franzi musste kichern, und Bettine sagte lächelnd: „Das ist doch sehr gesund, lecker und auch vielseitig. Euer Gewächshaus kann sich wirklich sehen lassen. Aber wir haben noch genug übrig. Ich kann dir gerne ein Stück aufwärmen.“

„Danke, Bettine. Später gerne. Das heißt, wenn du dann noch Zeit hast“, fügte er errötend hinzu.

„Ich muss zwar noch eben zum Tiermarkt, falls die Straßen geräumt sind, aber Franzi kann dir Gesellschaft leisten, oder, Franzi?“

„Klar, mach ich.“

„Trinkst du einen Espresso mit uns? Oder ist das gegen die Dienstvorschrift?“

„Nein, nein. Ich meine, ich trinke gern einen Espresso mit. Danke.“

Ludger ließ sich mit einem behaglichen Seufzer auf einer der üppig gepolsterten Bänke nieder. In der Jackentasche angelte er umständlich nach Stift und Block. „Franzi … Entschuldigen Sie. Darf ich Franzi sagen?“

„Dürfen Sie.“

„Sie wissen, dass ich jetzt Ihre Aussage aufnehmen muss. Ihre Mutter erzählte heute Morgen, dass Sie Herrn Droste mit einer jungen Dame in Münster im *Bücher und mehr* gesehen haben. Erzählen Sie doch mal der Reihe nach.“

„Also mittwochs habe ich zwischen zwei Seminaren etwas Luft und geh dann da immer einen Cappuccino trinken.“

„Waren Sie allein?“

„Allein. Ich bin die einzige Zeugin, falls Sie das meinen. Um diese Zeit war niemand sonst da. Jedenfalls kam da auf einmal Herr Droste rein.“

„Kennen Sie ihn gut?“

„Nein, gut nicht. Ich kenne ihn als Nachbarn meiner Tante und als Chorsänger von Weihnachtsgottesdiensten. Ich weiß, wie er aussieht, und kann mit Sicherheit sagen, dass er es war.“

„Hat er Sie auch gesehen?“

„Nein. Ich habe hinten am runden Tisch gesessen, und er hat sich gleich vorne am ersten Fenster mit dem Rücken zu mir hingesetzt. Kurze Zeit später stand er auf und begrüßte eine junge Frau, die an seinen Tisch gekommen war. Er nahm sie in die Arme."

„Aha. Können Sie die junge Frau beschreiben?"

„Hattest du das Gefühl, dass sie es genoss?", mischte Bettine sich ein und schenkte Ludger gleichzeitig ein freundliches Lächeln.

Irritiert sah Franzi von einem zum anderen. „Nicht alle auf einmal, bitte. Sie genoss es, ja, sie lächelte und hatte ihre Augen geschlossen."

„Also einvernehmlich", fasste Ludger zusammen.

„So kann man es nennen. Jetzt zur Beschreibung. Sie ist etwa einen Kopf kleiner als Herr Droste, hat langes dunkles Haar, ist schlank und hat ein ziemlich hübsches Gesicht. Schmal und dunkel. Stirnband und Schal nahm sie dann ab, den Mantel behielt sie aber an. Sie blieb nicht lange, vielleicht zehn Minuten, und trank einen Espresso."

„Sie sind eine sehr genaue Beobachterin."

„Ehrlich gesagt war ich neugierig. Sie saß ihm gegenüber auf der Bank, sodass ich sie gut sehen konnte. Vermutlich unterhielten sie sich. Hören konnte ich natürlich nichts. Sie stand dann auf, umarmte Herrn Droste und ging. Er blieb noch einen Moment sitzen, bezahlte und ging auch."

„Und das Alter?"

„Sie ist auf keinen Fall älter als ich."

Ludger verzog missbilligend den Mund. „Ein Lehrer! Ein Vorbild für die Jugend. Das hätte ich nicht von Christmut gedacht."

„Ich auch nicht", sagte Bettine niedergeschlagen. „Wie geht es denn jetzt weiter? Willst du Christmut die Pistole auf die Brust setzen?"

„Noch nicht. Hast du vielleicht ein Foto von ihm? Vom Chor?"

„Moment." Bettine verließ das Zimmer und kam kurze Zeit später mit einem gelben Ordner wieder. „Hier sind alle Fotos, die vom Chor existieren, seit ich bei euch bin." Sie fing an zu blättern. „Hier. Das könnte gehen. Das ist sehr typisch."

„Darf ich mal?" Ludger runzelte die Stirn. Das Foto war laut Beschriftung vor gut einem Jahr während einer Chorprobe gemacht worden und zeigte einen Christmut, der voll Eifer und Hingabe sang. „Da war er vielleicht schon auf Freiersfüßen", brummte Ludger. „Die arme Barbara."

„Sagt man da auch ‚auf Freiersfüßen'? Wenn einer verheiratet ist und fremdgeht?", erkundigte Franzi sich interessiert. Doch Bettine sah gedankenverloren zum Fenster hinaus und gab keine Antwort.

„Wenn ich darf, nehme ich das Foto an mich. Morgen früh fahre ich in die Stadt und werde mich im *Bücher und mehr* umhören. Vielleicht treffen die beiden sich öfter dort, und der Bedienung ist irgendetwas aufgefallen, was uns weiterhelfen kann."

„Tu das, Ludger. Ich muss jetzt los. Franzi macht dir die Pizza warm. Sehen wir uns heute Abend? Ich würde gern für den Trauergottesdienst proben."

„Ich werde da sein. Und vielen Dank auch. Für Pizza und Foto meine ich."

„Ist schon in Ordnung. Bis später."

Bettine fühlte sich ein wenig angegriffen. Ihr war das nachmittägliche Gespräch mit Ludger auf den Magen geschlagen. Dennoch hatten sie und Franzi ein schmackhaftes Kräuteromelette bei Tante Mechthild verspeist, und während die beiden anderen den Abend gemütlich am Kamin mit Katze und Glühwein ausklingen ließen, eilte sie zur Chorprobe. Es schneite immer noch. Die Bergstraße war als kleine Anliegerstraße noch nicht geräumt und menschenleer. Die Schneekristalle glitzerten im Schein der Laternen, und dieser märchenhaften Atmosphäre war Bettines innere Aufgeregtheit nicht gewachsen. Sie schmolz gewissermaßen dahin, und auf diese Weise gestärkt trat Bettine einen Augenblick später vor ihren Chor und fragte gefasst nach Vorschlägen und Wünschen für Barbaras Trauerfeier.

„Ich würde gern ‚Ach Herr, lass dein lieb Engelein' singen", ließ sich Christmut leise vernehmen.

„Das ist doch Jahre her, dass wir das gesungen haben."

„Und viel zu schwer."

„Trotzdem. Wir können es ja mal versuchen. Es war eins ihrer Lieblingsstücke. Und ist so passend."

„Aber ohne Barbaras Sopran?"

„Dann muss eben Bettine mitsingen." Es wurde mucksmäuschenstill. Bettine fühlte sich überrumpelt. Christmuts Vorschlag erschien ihr makaber.

„Ich, äh, ich möchte lieber nicht."

„Du hast so eine wunderschöne Stimme und kennst die ‚Johannespassion' in- und auswendig. Tu es bitte für Barbara", bat Christmut eindringlich. Sie betrachtete ihn nachdenklich. Er war blass, dunkle Ringe unter den Augen zeugten von wenig Schlaf. Sie mochte sich nicht vorstellen, dass er Trost bei seiner Geliebten gesucht hatte, während seine Frau noch nicht mal unter der Erde lag, beziehungsweise in ihrer Urne.

„Ist es dir so wichtig?"

Er sah sie offen an. „Sehr wichtig."

Sie gab sich einen Ruck. „Okay. Ich tue es für Barbara. Ich habe allerdings noch nie gleichzeitig dirigiert und gesungen."

Christmut strahlte sie an. „Danke, Bettine. Die Noten müssten noch im Schrank sein. Antoinette, kannst du – Antoinette ist gar nicht da!"

In diesem Augenblick wurde die Tür aufgerissen und eine völlig aufgelöste Antoinette erschien wie gerufen. „Ich“, sie rang nach Atem, „ich war noch im Garten. Mit Taschenlampe. Ich hab sie überall gesucht. Sie ist einfach verschwunden. Schon seit heute morgen.“ Sie ließ sich schwer atmend auf ihren Stuhl fallen.

„Wer denn?“, fragte Bettine leicht erregt.

„Wer? Helene natürlich. Na, die kann was erleben, wenn sie wieder da ist!“ Die Sänger sahen sich ratlos an. Wer um alles in der Welt war Helene?

Bettine versuchte, ihr Grinsen zu verbergen. „Ach, ist die Gans ausgebüxt?“

„Von wem redet ihr?“, ließ sich Ludger vernehmen. „Willst du jemanden als vermisst melden, Netti? Ich hab meinen Block mit, wir können sofort den Text formulieren.“ Die Chorleiterin prustete unbeherrscht los, als sie das empörte Gesicht der Altistin sah.

„Willst du dich über mich lustig machen, Ludger? Helene ist meine beste Mastgans, drei Kilo bringt sie auf die Waage und soll am Samstag in Bettines Kochtopf. Der Zaun ist unbeschädigt, aber sie ist spurlos verschwunden.“ Antoinette guckte böse in die Runde, denn mittlerweile gluckste und schmunzelte der gesamte Chor. Die Komik dieser skurrilen Geschichte hatte erlösenden Charakter. Die einzig Leidtragende war natürlich Helenes Besitzerin, und Bettine beeilte sich, sie zu beruhigen, bevor dumme Kommentare die Stimmung weiter anheizen konnten. „Mach dir um mich keine Sorgen, meine Liebe, ich kann auch was anderes kochen.“

„Ich könnte dir Frieda und Karla geben. Das wären dann zusammen vier Kilo. Natürlich zum selben Preis“, schlug Antoinette halbwegs besänftigt vor.

„Nein, das möchte ich nicht. Vier Kilo sind mir zu viel. Leider.“

„Du könntest was einfrieren.“ Doch Bettine blieb standhaft bei ihrem Nein und suchte selber nach dem Bach-Satz zwischen den alten Notenstapeln. Als es endlich ruhig wurde, gab sie die Einsatztöne und konzentrierte sich auf ihre Doppelrolle. Sie fühlte sich unbehaglich, merkte, dass sie unkontrolliert atmete und schwieg bei der Wiederholung des ersten Teils. Christmut sang erstaunlich frisch und engagiert. Interpretierte sie da zu viel hinein? Oder war es einfach Erleichterung darüber, dass es endlich weiterging, und die Trauerfeier und damit der Schlusspunkt unter das tragische Geschehen in greifbare Nähe rückten? ‚Alsdenn vom Tod erwecke mich‘ – Bettine hatte ihren Atemrhythmus wieder gefunden, und der Choral klappte alles in allem ganz gut.

„Nehmt die Noten bitte mit nach Hause und guckt euch eure Stimme noch mal genau an. Ihr habt den Satz ja alle schon mehrfach gesungen, und je nachdem, wie viel Probenzeit uns noch bleibt, können die ‚lieb Engelein‘ sich besser oder schlechter um die ‚Seele mein‘ kümmern.“

„Barbaras Stimme fehlt uns“, murrte Antoinette.

„Bettine singt ja mit“, sagte Christmut freundlich. „Und das ist gut so.“

Freitag, 5. November

Bettine stand in aller Herrgottsfrühe auf, packte sich warm ein und schlüpfte in ihre Gummistiefel. Leise verließ sie das Haus. Im unteren Teil des Gartens stand das ehemalige Hühnerhaus, das seit Mittwochabend einen Feriengast beherbergte. Sie kontrollierte den Futterspender, erneuerte das Wasser und entmistete den Stall so gut es ging. Helene dankte es ihr mit leisem Geschnatter.

„Ist ja nicht für lange. Aber so bist du mir doch noch lieber als … du weißt schon." Bettine schob gewissenhaft den Riegel vor.

Nach einer kurzen Katzenwäsche freute sie sich auf ein ruhiges Frühstück mit frischen Croissants. Doch da meldete sich das Telefon, dieser ewige Störenfried.

„Bettine Brandt … Christmut. Ziemlich früh für einen Anruf … Das passt jetzt nicht so gut. Franzi ist da. Ich kann aber rüberkommen, wenn's sein muss … Ja. Bis gleich."

Etwas steif saßen sie sich im Wohnzimmer auf kühlen hellgrauen Ledersesseln gegenüber. Christmut sah angespannt aus. Bettine notierte sich im Geiste, dass auch er über einen Kamin verfügte. Der Gedanke an verbrannte Tatwaffen machte sie ärgerlich und unsicher. Unwirsch erhob sie sich, faltete ihr Umschlagtuch zusammen, legte es auf die Sitzfläche und ließ sich wieder nieder. Sie hasste Ledersessel.

„Na, dann leg mal los!"

Christmut zuckte leicht zusammen und sah sie an. „Ich weiß nicht, wo ich anfangen soll."

„Bist du eigentlich noch vom Unterricht befreit?"

Er sprang auf und lief erregt auf und ab. „Bis zur Trauerfeier auf jeden Fall. Ich bin heilfroh, dass es endlich weitergeht."

„Und was wolltest du mir erzählen?“

Er blieb abrupt vor ihr stehen. „Ich hatte eine Affäre. Vor zwanzig Jahren“, platzte er heraus.

Bettine sah ihn ungläubig an. „Vor zwanzig Jahren?“ Ihre Stimme klang sonderbar gepresst.

Christmut stutzte und betrachtete sie aufmerksam. „Keine Angst. Ich war noch nicht verheiratet. Barbara und ich waren zwar schon zusammen, aber ...“

„Aber jetzt warst du verheiratet.“ Böse sah sie ihn an und stand ihrerseits auf. „Ich glaube, ich gehe jetzt besser. Das will ich mir gar nicht alles anhören.“

Ernst erwiderte er ihren Blick. „Ich weiß nicht, wovon du sprichst.“

„Ach nein? Denk mal an deine Verabredung vorgestern im *Bücher und mehr*.“ Sie funkelte ihn voller Verachtung an.

„Im *Bücher und mehr*? Das weißt du also. Aber es ist ganz anders, als du denkst.“

„Typisch! Um Ausreden mal wieder nicht verlegen.“

„Bettine.“ Christmut sah sie eindringlich an. „Ich will mich wahrhaftig nicht rausreden. Ich ahne jetzt, was du vermutest. Aber du hast Unrecht. Ich habe Barbara nicht mit einer anderen Frau betrogen. Ich habe mich mit meiner Tochter getroffen.“

In der darauf folgenden Stille war lediglich das geheimnisvolle Knistern der Flammen zu hören. Bettine schluckte und versuchte, sich zu sammeln. „Das habe ich nicht ... entschuldige.“ Sie wurde knallrot.

„Das konntest du auch gar nicht ahnen, das wollte ich dir ja eben gerade erzählen, weil sie doch zur Beerdigung kommt. Vanessa blieb bei Viola, die das alleinige Sorgerecht wollte und bekam. Sie heiratete dann sehr schnell und bekam noch zwei weitere Kinder, sodass Vanessa in einer richtigen Familie aufwachsen konnte. Ich hatte natürlich Besuchsrecht und habe eine gute Beziehung zu meiner Tochter aufbauen können. Wir verstehen uns auch jetzt noch, über das kritische Alter hinaus." Christmut schwieg einen Moment. „Meine einzige Schuld besteht wohl darin, dass ich das Vorhandensein meiner Tochter geheim gehalten habe. Ich tat es Barbara zuliebe. Kannst du das verstehen?" Bittend sah er ihr in die Augen.

Bettine räusperte sich. Irgendetwas schien mit ihrer Stimme nicht in Ordnung zu sein. „Ich bin wirklich froh, dass du nicht ... ich meine, dass die ganze Geschichte diese Wendung genommen hat. Bewerten will und kann ich deine Entscheidung gar nicht. Ich ... ich muss jetzt nach Hause." Sie verstummte.

„Aber wir sind doch noch Freunde, oder?" Er reichte ihr fragend seine Hand, die sie nach kurzem Zaudern nahm.

„Auf Wiedersehen, Christmut. Bis bald."

Schwungvoll öffnete Franzi ihr die Haustür. „Mama, wo warst du so lange? Herr Lind ist wieder bei uns."

Bettine seufzte leicht genervt. „Ludger. Guten Morgen. Und guten Appetit. Was gibt's?"

Ludger legte sein Croissant hin und tupfte seine Lippen mit der geblümten Papierserviette ab. „Franzi war so freundlich, mich zum zweiten Frühstück einzuladen. Bei euch ist es immer sehr gemütlich. Danke ja, ich nehm gerne noch etwas." Er hielt Franzi seine Tasse hin. „Ich wollte gleich nach Münster ins *Bücher und mehr* und ..."

„Das hat sich erledigt." Bettine bestrich ihr Croissant dick mit Heidehonig. Die beiden hingen an ihren Lippen, während sie nach und nach die verzwickten Beziehungen eines Christmut Droste darlegte.

„Gut aussehen tut er ja", meinte Franzi daraufhin und grinste. „Kein Wunder, dass die Frauen ihm zu Füßen liegen. Und nun auch noch Antoinette, die ihn betüddelt und bekocht. Er merkt es wahrscheinlich noch nicht mal."

„Was merkt er nicht?", fragte Bettine leicht befremdet.

„Na, dass sie in ihn verliebt ist."

„Da geht aber die Fantasie mit Ihnen durch, Kindchen. Netti ist eine feine alte Dame, die einfach nur hilfsbereit ist. Als meine Frau im Krankenhaus war letztes Jahr wegen ihres Knies, hat sie mich auch öfter zum Essen eingeladen. Wenn ich an den Gänsebraten denke ... wunderbar, einfach wunderbar." Ludgers Augen leuchteten in seliger Erinnerung.

„Apropos essen: Ich muss dich jetzt leider rauswerfen, Franzi und ich wollen noch einkaufen."

Mit einem letzten, bedauernden Blick über den Frühstückstisch erhob Ludger sich. „Dann müssen wir ja nun wieder von vorne anfangen. Schade einerseits ..."

„... aber andrerseits ein gutes Gefühl, dass Christmut unschuldig ist!", beendete Bettine den Satz des Polizeihauptmeisters.

„Ich werde natürlich undercover weiterermitteln. Was ist zum Beispiel mit dieser Vanessa? Und mit deren Mutter?" Ludger seufzte zum Steinerweichen. Vor ihm taten sich nie geahnte Abgründe auf.

Samstag, 6. November

„Franzi! Hilf mir mal.“ Bettine stand vor dem Spiegel im Schlafzimmer und mühte sich vergebens mit dem Reißverschluss ihres Kleides. „Komme schon. Hey, du siehst klasse aus.“ Bewundernd musterte Franzi ihre Mutter, die unschlüssig ihre Stirn runzelte.

„Meinst du nicht, dass die Farben sich beißen?“

„Nö, ist doch eine Farbfamilie. Orangerot kannst du richtig gut tragen.“

„Du bist noch gar nicht umgezogen. Beeil dich, die sind gleich da. Ich guck noch mal nach dem Blech.“

„Geht eh schnell bei mir.“

Bettine schnupperte. Es duftete himmlisch nach dem Käsegebäck, das Franzi heute Morgen unter ihrer kundigen Anleitung gebacken hatte. Sie hatte natürlich die Herzchenausstecher bevorzugt behandelt, was zu erwarten gewesen war, aber Bettine war es gelungen, einige Eulen und Katzen unterzumogeln. Die Vielfalt sah doch entschieden hübscher aus. Im Ofen schmorte das Hauptgericht, dem Feldsalat fehlte lediglich noch sein Dressing, und Tante Mechthild hatte es sich nicht nehmen lassen, ihren englischen Klassiker zum Nachtisch beizusteuern. Da schellte es. „Franzi?“

„Bin noch nicht soweit.“

„Na, typisch.“ Etwas nervös öffnete Bettine die Haustür. „Tante Mechthild. Du bist zu früh. Wolltest du nicht erst nach dem Sekt kommen? Gib mir mal den Pie.“

„Ich hab’s mir anders überlegt. Ich glaube, ein Schlückchen Sekt ist meinem Kreislauf ganz bekömmlich.“

„Gib’s zu: Du möchtest nichts verpassen.“ Bettine grinste ihre Tante, die ihre Löckchen ordnete, im Spiegel an.

„Schließlich muss ich doch wissen, wen meine Großnichte heiraten wird.“ Hoheitsvoll betrat Tante Mechthild das

Esszimmer. „Wie immer sehr geschmackvoll, meine Liebe. Gibt es also schon Amaryllis? Wunderbar, der Tisch in rot und grün. Und du selber hast so ein Leuchten an dir – voll entflammt, möchte ich sagen. Die Herren werden auf ihre Kosten kommen."

„Tante Mechthild, du ..." Es schellte erneut.

„Oh verd... Franzi!" Bettine eilte verzweifelt mit der noch recht heißen Pieform zwischen zwei Topflappen in ihr Schlafzimmer und verstaute den Nachtisch in aller Eile zwischen Laken und Bettdecke.

„Legen Sie doch bitte ab, meine Herren", schlug Tante Mechthild auf der Diele derweil den Besuchern vor. „Meine Nichte hat noch im Schlafzimmer zu tun, und Franzi wird auch gleich da sein. Hier entlang bitte."

Bettine schoss durchs Esszimmer und stoppte geistesgegenwärtig, als die Tür in ihre Richtung aufgestoßen wurde. „Du hast also schon – ähm, guten Abend – und herzlich willkommen. Ich bin Franzis Mutter."

„Sie sind Bettine. So habe ich Sie mir vorgestellt. Franzi erzählt oft von Ihnen, müssen Sie wissen." Ein junger Riese mit lockigem Haar und Bart schien ihre Hand gar nicht mehr loslassen zu wollen.

„Und Sie sind Moritz. Ich freue mich wirklich, Sie endlich kennen zulernen. Und auch Ihren Vater, natürlich."

„Guten Abend, Frau Brandt. Max Fischer. Mein Sohn und ich bedanken uns sehr herzlich für Ihre freundliche Einladung. Hoffentlich hatten Sie nicht zu viel mit den Vorbereitungen zu tun." Die Stimme gefiel ihr. Ein warmer, voller Bass.

„Wir haben Ihnen ein kleines Dankeschön mitgebracht."

„Das war aber nicht ... Das ist aber nett von Ihnen." Verwirrt begann sie an den Schleifenbändern zu ziehen. Herrgottnochmal.

„Brauchst du eine Schere, Bettinchen?“ Gelassen reichte Tante Mechthild ihr das hilfreiche Werkzeug. Blaues Seidenpapier raschelte, fiel zu Boden.

„Oh!“ Bettine errötete und verstummte.

„Was ist es denn?“, fragte Tante Mechthild neugierig.

„Entschuldigt.“ Eine sehr aparte Franzi im schwarzen Hosenanzug und mit glattem, schulterlangem Blondhaar begrüßte ihre Tante mit Küsschen rechts und links und schmiegte sich kurz an Moritz.

„Schatz, das ist Max, also mein Vater.“

Franzi schüttelte ihrem potenziellen Schwiegervater mit einem strahlenden Lächeln die Hand. „Herzlich willkommen zu einem hoffentlich wunderbaren Abend, Max. Ich darf doch Max und du sagen? Oder wie habt ihr euch geeinigt?“

„Wir haben uns noch gar nicht geeinigt.“ Bettine hatte ihre Sprache wieder gefunden. „Mir wäre es angenehmer, wir blieben beim Sie und den Vornamen. Vorerst.“

Max Fischer neigte zustimmend den Kopf. „Ich bin mit Ihrem Vorschlag einverstanden. Die jüngere Generation ist da wohl etwas unkomplizierter.“ Bettine runzelte die Stirn. Das war nun wahrlich kein Kompliment.

„Zeig doch mal, was du bekommen hast“, drängelte Franzi.

Behutsam zog Bettine den schmalen Band aus seinem Schuber. „Sie haben mir eine größere Freude gemacht, als Sie ahnen können.“

„Von meinem Sohn erfuhr ich, dass Sie Sprachen studiert haben und Gedichte übersetzen. Diese Sonette von Michelangelo in der Übersetzung von Edwin Redslob kamen 1973 heraus. Es handelt sich um eine limitierte Auflage und …“

„Ich weiß“, fiel Bettine ihm ins Wort. „Und die Lithographien sind von Charles Hug. Und von ihm handsigniert. Als ich in Heidelberg studiert habe, konnte ich mir leider keine Ausgabe leisten. Und später waren natürlich alle Exemplare verkauft."

„Ich habe dieses antiquarisch erwerben können. Leider hat es einen kleinen Schönheitsfehler", bemerkte Max bedauernd.

„Hab ich schon gesehen. Der Rückentitel ist falsch herum gedruckt. Macht aber nichts. Schönheitsfehler sind sympathisch, finde ich, denn sie sind ja menschlich. Vermutlich durfte sich da mal ein Lehrling an der Druckerpresse versuchen. Ich danke Ihnen, Max. Sehr herzlich sogar. Und Ihnen auch, Moritz."

„Darf ich mal?" Franzi besah sich den Einband. „Das ist ein besonderes Papier, oder?"

„Marmorpapier", mischte Tante Mechthild sich ein. „Der Rücken ist aus Pergament. Ich hab noch einige Schätzchen aus der Erbmasse von Onkel Felix. Könnt ihr euch gerne mal angucken, dein Moritz und du. Vielleicht gefällt euch das ein oder andere."

„Cool! Aber so langsam bekomme ich Durst. Moritz, hilfst du mir mal eben?" Oma Malchens Kelche klangen ein weiteres Mal zum selben Anlass zart und hell aneinander, und das krümelige Käsegebäck sorgte für eine kurze Gesprächspause.

Verstohlen beobachtete Bettine ihre Gäste. Auf den ersten Blick konnte sie keinerlei Ähnlichkeit feststellen. Das mochte natürlich auch an dem Vollbart des Jüngeren liegen. Jedenfalls überragte der Sohn den Vater um Haupteslänge. Sicher war er mehr nach seiner Mutter geraten, die sie aber tunlichst nicht erwähnen würde.

Der Sekt hatte die Stimmung ein wenig gelockert, man plauderte über den Wintereinbruch, machte einen Wohnungsrundgang und schließlich setzte sich die angehende Familie hungrig zu Tisch.

„Lachs im Gemüsebett!“, strahlte Moritz. „Das Rezept hätte ich gern!“

„Ich weiß, Sie können gut kochen. Hat er das von Ihnen, Max?“ Bettine lächelte ihr Gegenüber verschmitzt an, und ihre Augen trafen sich.

„Nein, leider. Dafür habe ich gar keinen Sinn“, erwiderte Max freundlich.

„Und auch gar keine Zeit. Ständig funken Morde dazwischen“, ergänzte Moritz mit haarsträubender Offenheit.

„Morde?“ Bettine sah alarmiert aus.

„Max ist bei der Kripo. Kriminalhauptkommissar. Also wenn Sie mal ’ne Leiche im Garten haben …“

„Mama! Was machst du denn? Warte, ich hol einen Lappen.“

„Bleib sitzen, Franzi.“ Bettine erhob sich rasch und verließ kerzengerade das Zimmer. In der Küche stürzte sie erst einmal ein Glas kaltes Wasser herunter. Ein klarer Kopf war jetzt gefragt. Ein Kriminalkommissar an ihrem Tisch – und demnächst in ihrer Familie. Das konnte ja heiter werden. Wie sollte sie damit in der jetzigen Situation umgehen? Konnte sie ihm vertrauen? Konnte sie ihm anvertrauen, dass Ludger und sie nicht zufrieden damit waren, dass der Fall Barbara Droste abgeschlossen und somit kein Fall mehr war? Das Unternehmen „Undercover“ musste auf jeden Fall geheim gehalten werden. Sonst käme Ludger in Teufels Küche. Andererseits war es eine Chance. Bettine griff fahrig nach einem Tuch und eilte ins Zimmer.

„Lassen Sie mich das machen.“ Moritz sammelte die durchtränkten Servietten ein und schob das Tuch geschickt unter die fleckige Tischdecke. „Es tut mir ehrlich leid, ich hatte nicht dran gedacht, dass …“

„Ist schon in Ordnung“, unterbrach Bettine ihn unwirsch.

„Bettinchen, wir haben Max und Moritz von Barbaras tragischem Unfall erzählt", sagte Tante Mechthild recht aufgekratzt. „Wo er doch vom Fach ist", fuhr sie nicht ganz logisch fort.

„Ihre Tochter sprach davon, dass diese Sache nicht befriedigend zu Ende gebracht wurde." Max sah Bettine fragend an.

„Der Kriminaltechniker hat keine Spuren gefunden, die auf einen gewaltsamen Tod schließen ließen. Aber Ludger – Herr Lind und ich glauben nicht ... „

„Ludger? Ludger Lind? Stimmt, ich erinnere mich. Er hatte sich damals nach Tecklenburg versetzen lassen. Ein guter Mann. Ein guter Ermittler. Hartnäckig, wenn er sich in eine Idee verbissen hat. Ein Spürhund auf der Fährte." Max nahm einen Schluck Wein.

„Sie kennen Ludger?", fragte Bettine beunruhigt. „Warum hat er sich denn versetzen lassen?"

„Wegen seiner Frau. Lieselotte war auf dem Land groß geworden und kam mit dem Leben in der Stadt wohl nicht zurecht. Einzelheiten weiß ich nicht. Aber es tat mir leid, Ludger gehen zu lassen. In Tecklenburg wird er sich kaum entfalten können." Interessante Neuigkeiten. Sie hielt wohl besser ihren Mund.

„Holt mal jemand den Pie aus dem Bett?" Tante Mechthild blinzelte ihrer Nichte verschwörerisch zu, die mit dem Themenwechsel sehr einverstanden war. Franzi erhob sich.

„Du kannst dann gleich die Vanillesoße von deiner Mutter aus dem Eisschrank mitbringen."

„Kühlschrank, Tante Mechthild", korrigierte Bettine automatisch und drehte gedankenverloren ihr Weinglas in den Händen.

„Darf ich?" Behutsam nahm Max ihr das Glas ab und schenkte nach.

Sonntag, 7. November

Die Nacht war kurz gewesen und zumindest in Bettines Fall von wilden Träumen bedrängt. Gänse hatten darin eine tragende Rolle gespielt, mal als knuspriger Braten, mal Körner pickend und vor allem laut schnatternd. Jedenfalls lag der Hühnerstall jetzt wieder verwaist wie eh und je.

Nach einem üppigen Frühstück, veredelt durch ein Gänseei, dessen Herkunft sie unter Franzis ungläubigen Augen umständlich hatte erklären müssen, hatten die Herren einvernehmlich beschlossen, der Trauerfeier für Barbara beizuwohnen. Nicht ganz uneigennützig, versteht sich. Max freute sich auf ein Wiedersehen mit Ludger, und Moritz mochte sich noch nicht von seiner frisch Verlobten trennen. Brav versprachen sie, Tante Mechthild rechtzeitig abzuholen, und so machte Bettine sich einigermaßen beruhigt auf den Weg zur Generalprobe.

Festliche Orgelklänge drangen bis auf den Kirchplatz hinaus. Seit dem Amtsantritt von Pfarrer Paul hatten die evangelischen Christen in Tecklenburg die Möglichkeit, Trauergottesdienste in der Kirche oder in der Friedhofskapelle zu feiern. Christmut hatte sich für die Kirche entschieden, in der Barbara sich heimisch gefühlt hatte. Antoinette war natürlich längst dort und ihren diversen Verpflichtungen nachgekommen. Geschmackvoll wie immer hatte sie den Altarraum geschmückt – und heute natürlich auch Barbaras Sarg, der unter einer Decke aus Immortellen, Misteln und Stechpalmen mit ihren hübschen korallenroten Beeren friedlich zu schlafen schien. Die Kerzen auf dem Altar und in den blank geputzten Messingleuchtern schimmerten tröstlich.

„Guten Morgen, Antoinette. Das klingt wunderbar."

„Ja, nicht? Bach passt eben zu jeder Gelegenheit." Die zierliche Dame schwang sich von der Orgelbank.

„Dass du in deinem Alter noch so gelenkig bist", staunte Bettine nicht zum ersten Mal.

„Ich bin ja praktisch von morgens bis abends draußen beschäftigt. Außer wenn ich koche, natürlich. Apropos: Helene ist wieder da. Stell dir das vor. Wohlgenährt, wie's scheint, und hochzufrieden. Du kannst sie dir demnächst gerne holen, wenn du noch Verwendung für sie hast." Doch Bettine winkte hastig ab.

In der Zwischenzeit hatte sich der Chor eingefunden, ein Häuflein, das sich mit beklommenen Mienen umeinander scharte. Bettine räusperte sich und hob die Hände. Nach den ersten etwas zittrigen Tönen fanden die Stimmen nach und nach zueinander. ‚Lass warm und hell die Kerzen heute flammen.' Bettine sah wie sie hoffte unauffällig zu Christmut hinüber und bemerkte mit einer gewissen überraschten Erleichterung, dass er mit den Tränen kämpfte. Bonhoeffers eindringliche und hoffnungsvolle Worte berührten allerdings jeden, auch wenn nicht jeder wusste, wer sie wo und wann geschrieben hatte.

Rechtzeitig nahmen die Sängerinnen und Sänger ihre Plätze auf den Bänken im Altarraum ein, und heute schwatzte zum Glück niemand. Auf und ab schwangen die Glocken, wirbelten über das Städtchen hin, lärmten, riefen, und allmählich füllte sich die Kirche. Unter den letzten Säumigen entdeckte Bettine erleichtert die Ihren. Franzi winkte stürmisch und deutete auf Tante Mechthild. Was immer das auch zu bedeuten hatte. Der Chor stellte sich auf, Pfarrer Paul begrüßte mit wohlgesetzten Worten die Trauernden und die „liebe Verstorbene", um dann gemeinsam mit allen in das schöne alte Lied ‚Ach wie flüchtig, ach wie nichtig' einzustimmen.

Bettine fand, dass Christmut Stil bei der Liedauswahl bewiesen hatte. Ihr gefielen die barocken Lieder. Und die lyrischen Texte hatten etwas Besonderes, das berührte. ‚Wie eine

Rose blühet … die, eh der Tag sich neiget … verwelkt und unversehens fällt: so wachsen wir auf Erden.' Gryphius natürlich.

„Frau Brandt?" Pfarrer Pauls sanfte Gelehrtenstimme riss Bettine aus ihren Gedanken. Sehr aufrecht und mit gerötetem Gesicht ging sie nach vorn, ärgerlich auf sich selber. Doch dann schwangen sich die ‚lieb Engelein' derart lieblich und zielstrebig gen Himmel, dass sie sicher ihre Aufgabe erfüllt hatten. Das ergriffene Schweigen dauerte noch ein wenig an, dann wurde der Segen erteilt, und die Orgel brauste ein letztes Mal auf. Feierlich und nachdrücklich spielte Antoinette die Trauergemeinde aus dem Gotteshaus.

„Bettine, du hast wunderbar gesungen! Ich danke dir tausendmal." Christmut wollte sie in seine Arme nehmen, doch mit einer geschickten kleinen Wendung entzog Bettine sich ihm.

„Lieb, dass du das sagst. Ich habe wirklich gerne für Barbara gesungen." Neugierig betrachtete sie die junge Frau, die hinter dem Witwer aufgetaucht war und sich nun wie selbstverständlich bei ihm einhakte.

„Darf ich dir meine Tochter vorstellen? Vanessa, das ist Bettine Brandt, von der ich dir erzählt habe." Er ließ seinen Blick für einen Moment mit einem liebevollen Lächeln auf seiner Chorleiterin ruhen. In Erinnerung an ihre abwegigen Beschuldigungen errötete Bettine und fühlte sich recht ungemütlich. Es gelang ihr jedoch, ernst und mit freundlicher Miene die ausgestreckte Hand zu schütteln. Vanessa sah bekümmert aus und schwieg. Jedenfalls hatten sie und ihre Mutter überzeugende Alibis und kamen daher ebenfalls nicht für den Mord an Barbara in Betracht. Das hatte Ludger gewissenhaft recherchiert.

„Ja dann, wir sehen uns gleich in der *Schloßschänke*. Ich verabschiede gerade noch meine Gäste."

„Wenn du Irene noch kondolieren willst …"

„Mama, kannst du Mechthild mit in die *Schloßschänke* nehmen? Ich bringe Moritz und Max zum Auto und fang dann schon mal in der Küche an. Spülmaschine einräumen und so. Ihr wart übrigens klasse. Die meisten brauchten ihre Taschentücher. Aber die Predigt war auch gut." Franzi drückte ihre Mutter temperamentvoll, deutete einen Kuss an und entschwand mit Moritz, der gerade noch Zeit fand, Bettine die Hand fast zu zerquetschen. Sie atmete einmal tief durch und sah sich nach ihrer Restfamilie um. Schließlich entdeckte sie Max am Fuße der Orgelempore im Gespräch mit Antoinette.

„Bettine, entschuldigen Sie die Verzögerung. Wir unterhielten uns gerade über den Zauber französischer Orgelmusik." Max lächelte liebenswürdig. „Diese Toccata von Boëllmann hat so etwas Triumphierendes, finde ich."

„Ah, ich verstehe. Sie sind einer der Herren." Antoinettes Augen funkelten blau und neugierig. „Es tut mir ja so leid, dass es mit dem Gänsebraten nicht geklappt hat, aber ..."

„Ist schon gut, meine Liebe, die Einzelheiten brauchen wir jetzt nicht", sagte Bettine leicht alarmiert. Man musste schließlich immer im Hinterkopf behalten, dass es sich um einen Kriminalhauptkommissar handelte. „Ich finde die Toccata dramatisch, sogar gewalttätig. Könnte sich gut als Untermalung eines Kriminalfilms machen. Ich bringe Sie jetzt zu Ludger und verabschiede mich dann schon mal. Ich werde mit meiner Tante noch am Traueressen teilnehmen."

„Ich bedanke mich noch einmal recht herzlich für alles. Ich hatte schon lange nicht mehr einen so unterhaltsamen Abend wie gestern. Auf bald, hoffe ich." Max behielt ihre Hand einen Augenblick in der seinen.

„Auf bald, ja", erwiderte Bettine ein wenig irritiert und hoffte im Stillen, dass dieses ‚bald' sich recht lange hinauszögern ließ. So lange, bis Ludger und sie sich über Barbaras Tod im Klaren sein würden.

SOMMERLICHES ZWISCHENSPIEL

Ich hatte letzte Woche einen Besucher hier, der eine Menge vom Gärtnern versteht und viel praktische Erfahrung hat. Als ich hörte, daß er kommt, hatte ich das Bedürfnis, meinen Garten mit den Armen zu umschließen und ihn vor ihm zu verbergen; doch wie groß waren meine Überraschung und mein Entzücken, als er nach einem Rundgang sagte: „Ich finde, Sie haben Wunder vollbracht!" Mein Gott, wie habe ich mich gefreut.

Elizabeth von Arnim:
Elizabeth und ihr Garten

Das Jahr hatte sich unspektakulär verabschiedet. Ein verhältnismäßig milder Winter war einem vorzeitigen Frühling gewichen, der mit einer gesunden Mischung aus Regen und Sonnenschein all die entzückenden kleinen Frühblüher aus ihrem Schlaf gelockt hatte. Barbaras Asche ruhte längst friedlich auf dem Kirchhof, und zierliche Elfenblumen, Veilchen und Akeleien umgaben sie wie zu Lebzeiten. Christmut hatte das Gartentagebuch seiner Frau freigegeben, in dem sie ihre Tätigkeiten minutiös festgehalten hatte. Somit konnte Ludger eindeutig feststellen, dass es nicht Barbara gewesen war, die an dem überhängenden, sprich ihrem Ast gesägt hatte. Dennoch hatten sich die Wogen um den mysteriösen Todesfall irgendwie geglättet, und anderes war in den Vordergrund getreten.

Mittlerweile war der Juni angebrochen. Die Tecklenburger Gärten putzten sich mit Pfingst- und anderen Rosensorten und mit den vielfarbigen Stauden, an denen die Sinne sich so herrlich berauschen können.

Nachdem sie ihren Kontrollgang durch Tante Mechthilds Waldgarten beendet hatte, steuerte Bettine den Sitzplatz auf der Birkenwiese an und ließ sich mit einem zufriedenen kleinen Seufzer in den weich gepolsterten Hochlehner fallen. Sie streckte ihr Gesicht im Halbschatten der noch sanften Sonne entgegen. Nun mochte kommen, was kommen wollte. Sie, Franzi und Tante Mechthild hatten im Vorfeld wie jedes Jahr ordentlich geackert, diesmal hin und wieder sogar mit der Unterstützung eines hilfsbereiten Verlobten. Und Bettine fand, dass der Garten sich wirklich sehen lassen konnte. Die Schmetterlingssträucher wiegten sich lila im Wind, Massen von kleinen Ramblerrosen streckten ihre winzigen blassgelben Blüten den trunksüchtigen Insekten entgegen, und Fingerhüte lockten geheimnisvoll an schattigen Plätzen. Der südliche Teil des Gartens schloss mit einer moosbewachsenen Sandsteinmauer ab. Dort gediehen Adler- und Königsfarne aufs Vortrefflichste, die im Frühling den hübschen Bluebelles den Boden bereitet hatten. Sonnenmüde Gartenfreunde fanden dort ein schattiges Erfrischungsangebot aus Tante Mechthilds Sirups, Quellwasser, gezuckerten Rosenblüten und Bettines köstlichem Käsegebäck.

Heute war der heiß ersehnte ‚Tag der offenen Gartenpforte', der nach englischem Vorbild seit den 1990er Jahren auch in Deutschland zahlreiche Liebhaber gefunden hatte. In Tecklenburg hatte sich über die Jahre eine kleine Besonderheit herausgebildet, ein Ableger der ursprünglichen Idee gewissermaßen. Die Damen (und es waren ausschließlich Damen, die sich an dieser Aktion beteiligten) verzichteten auf den oft üblichen Eintritt für einen guten Zweck oder zur teilweisen Deckung der eigenen Unkosten. Stattdessen fand man sich in den frühen Abendstunden auf dem Marktplatz zur großen Gartenzwergpreisverleihung ein. Die Jury bestand aus drei Gärtnermeistern botanischer Gärten der Umgebung (ausschließlich Herren), und sie hatten wahrlich keine leichte Aufgabe. Die großzügigen Gärten in Hanglage hatten alle ihren eigenen Charakter und Charme und vor allem ihre jeweilige Meisterin gefunden. In diesem Jahr schied der Garten der armen Barbara natürlich aus. Christmuts stümperhafte Versuche, des Unkrauts Herr zu werden, waren Mitleid erregend gewesen. Aber selbst Antoinette, die sich ansonsten immer noch rührend um den verwitweten Magen kümmerte, hatte aufs Entschiedenste gestreikt, als es um Gartenfragen und -arbeiten an der Bergstraße 6 gegangen war.

Franzi half oben auf der Terrasse beim Verkauf der Samen und Ableger, der Sirups und köstlichen Gelees aus Tante Mechthilds eigener Produktion, die sie jedes Jahr ein wenig variierte.

Bettines Aufgabe bestand darin, den Gästen Gaumenfreuden an den verschiedenen Sitzplätzen zu bieten. Pflanzenfragen konnte sie weniger gut beantworten, das überließ sie lieber der versierten Gärtnerin. Sie nahm einen kräftigen Schluck Waldmeistersirup mit klarem Wasser. Köstlich. Wie gut, dass sie die Übersetzung der Sauvage-Gedichte rechtzeitig abgeschlossen hatte. Jetzt hatte sie ein behagliches Polster auf dem Konto und Zeit gehabt, Tante Mechthild bei den Vorbereitungen für den Höhepunkt des Jahres zu unterstützen.

„Wie eine Blume so leuchtend und schön! Guten Morgen, meine liebe Bettine."

„Guten Morgen, Christmut. Bist du nun unter die Dichter gegangen?" Bettine blinzelte gegen die Sonne. Christmut sah bewundernd auf sie hinunter.

„Dein Anblick inspiriert mich eben: Das Kleid wie eine blühende Wiese, die Haare ..." Er war in hörbar frivoler Stimmung.

„Ja ja, es reicht. Sind schon viele da?"

„Sie strömen gerade. Deshalb hab ich mich in Sicherheit gebracht, wenn man hier von Sicherheit reden kann." Er grinste vielsagend. „Was trinkst du da Feines?"

„Waldmeistersirup. Du kannst aber auch Fliederblütensirup oder Holunderblütensirup bekommen", entgegnete Bettine trocken und biss in ein Käsehäschen. „Müsstest du nicht bei Antoinette sein?"

„Willst du mich schon wieder loswerden? Aber du hast Recht, ich hatte ihr meine Hilfe versprochen und will auch gleich rüber. Wollte mich nur kurz bei dir stärken." Er stürzte seine Waldmeistermischung in einem Zug hinunter und schüttelte sich.

„Bah, ist das süß."

„Die Mischung macht's. Du musst weniger Sirup nehmen. Nicht so gierig sein. Wie sieht's bei ihr aus?"

„Bei Antoinette? Alles bestens. Sie ist sehr siegessicher. Wer weiß, vielleicht zieht der Goldene ja diesmal bei ihr ein. Aber Frau Lind wird auch heiß gehandelt. Sie macht ja vor allen Dingen in Gemüse. Du kannst bei ihr sogar Spargel kaufen. Sie muss richtig hart gearbeitet haben. Ich glaube kaum, dass unser rundlicher Ludger in der Lage ist, sich zu den Spargeln runterzubeugen."

Bettine erhob sich. „Wir sehen uns spätestens zur Preisverleihung auf dem Marktplatz. Ich muss mich um die Besucher kümmern."

„Wenn's das echte nicht sein kann, muss ich mich eben mit einem Käseherzen begnügen. Was immerhin durch deine Hände gegangen ist." Die Bäckerin verdrehte ihre Augen bei diesem etwas klebrigen Kompliment und ergriff gewissermaßen die Flucht.

Beim Verkaufsstand bildeten die Gartenfreunde bereits eine lange Schlange. Franzi hatte mittlerweile Unterstützung von ihrem blonden Riesen bekommen, der mit Geschick und großen Händen all die köstlichen Kleinigkeiten in Papiertüten verstaute. „Bettine, hallo! Hier läuft alles wie am Schnürchen, wie Sie sehen." Moritz winkte lachend herüber.

„Hallo. Weiter so. Wir freuen uns über volle Kassen."

„Mama, kannst du uns eben was zu trinken bringen? Wir verdursten hier! Wasser wär' cool."

Auf dem Weg zum Keller stand auf einmal Max vor ihr.

„Oh. Guten Tag. So sieht man sich wieder", sagte Bettine verwirrt und reichte ihm die Hand.

„Moritz hat mich quasi überredet, mitzukommen. Franzi hatte so vom Garten Ihrer Tante geschwärmt, dass ich den Besuch eigentlich nicht ablehnen konnte." Seine Stimme klang sonderbar rau.

„Na, dann hoffe ich mal, dass dieses Zugeständnis an einen frühsommerlichen Gartennachmittag mit Gratiserfrischungen für Sie keine Enttäuschung wird", antwortete Bettine kühl, wandte sich ab und überließ den unfreiwilligen Besucher seinem Schicksal. „So nicht, mein Lieber." Sie ärgerte sich über Max' Erklärung und mehr noch über ihren eigenen Ärger. Ungeduldig zog sie mehrere Wasserflaschen aus dem Kasten und brachte sie zum Verkaufsstand. Auf ihrem Weg zur Quelle, einem ihrer Einsatzplätze, kam sie an einem Grüppchen um Tante Mechthild vorbei. Auch Ludger und Max schienen sich interessiert die lebhaften Ausführungen zum Thema Kletterpflanzen anzuhören.

„Bettinchen! Sieh mal, wer gekommen ist", zwitscherte Tante Mechthild im hellsten Sopran und strahlte den Kriminalhauptkommissar an. Sie sah völlig comme il faut aus in ihrem fliederfarbenen Seidenkostüm und einer Ton-in-Ton-Hutkreation, etwas altmodisch vielleicht, aber durchaus passend zum Charme der Umgebung.

„Wir haben uns schon begrüßt", bemerkte Bettine höflich, aber immer noch leicht unterkühlt. „Hallo, Ludger." Sie blieb einen Moment stehen, erkundigte sich freundlich nach Frau Lind und dem Spargelabsatz und bekundete ihr eigenes Interesse an mehreren Pfund dieses unwiderstehlichen Gemüses, dessen Tage schon wieder gezählt waren. Max hatte sich nach einem kurzen Blick auf sie schweigend abgewandt und betrachtete angelegentlich den üppigen Wuchs einer Waldclematis.

Das sanfte, stetige Plätschern der Quelle besänftigte und beruhigte erregte Gemüter, und Bettine ließ sich zusätzlich gerne vom leichten Geplauder mit den Gästen ablenken. Wer von diesen einen Teil der Jury bildete, wusste niemand im Voraus, und so konnte jeder sich ungezwungen bewegen, Fragen stellen und sich austauschen. Auch der Nachmittag plätscherte dahin, langsam leerten sich die Gärten, und alles strebte erwartungsvoll dem Höhepunkt des Tages auf dem Marktplatz zu.

In der Zwischenzeit hatten die ortsansässigen Geschäftsleute ihre Stände mit Nahrhaftem aufgebaut, das erste Bier wurde gezapft, der Eiswagen hatte es sich bequem gemacht und über allem lag der unvermeidliche und appetitanregende Bratwurstduft. In der Mitte und auf einem Podest saß die angestrengt und verschwitzt aussehende Experten-Jury mit ernstem Gesicht am Tisch unter einem grünweißgestreiften Baldachin. Auf dem Tisch aber und in stiller Eintracht standen golden, silbern und rotbunt drei Gartenzwerge und schauten stumm in die Menge.

Der Bläserchor *Mundstück* eröffnete die Preisverleihung mit einem fröhlichen Tusch und stimmte dann in gewohnter Weise ‚Geh aus, mein Herz, und suche Freud' an. Da war die Welt noch in Ordnung. ‚Sieh an der schönen Gärten Zier.' Der Marktplatz schmetterte mit großer Inbrunst von Gärten, Glucken und Schwälblein, von Bächlein und Bienen, von tausend Seraphim und einem Gott. Das ‚Halleluja' verklang, und nach einer kurzen Pause erhob sich der Sprecher der Jury, der sich bereits in den Vorjahren als redegewandt profiliert hatte, und näherte sich dem Mikrofon.

„Liebe Freundinnen und Freunde vom ‚Tag der offenen Gartenpforte', liebe Gärtnerinnen. Sie haben es uns in diesem Jahr zum wiederholten Male recht schwer gemacht. Gerade die Verschiedenartigkeit Ihrer prachtvollen Gärten lässt einen Vergleich kaum zu. Dennoch haben wir es geschafft und uns mit Hilfe des allgemeinen Kriterienkatalogs für eine Beurteilung entschieden, von der wir nur hoffen können, dass sie Ihnen gefallen möge. An dieser Stelle möchte ich eine Schweigeminute für unsere hoch verehrte Verstorbene, Frau Barbara Droste, anregen, die ja nun leider nicht mehr am Wettbewerb teilnehmen konnte. Es ist auch ein persönlicher Verlust. Frau Droste besaß eine immense Sachkenntnis, und wir tauschten uns gerne und ausführlich aus."

Sieh mal einer an. Bettine machte sich zum ersten Mal richtig bewusst, was Barbaras Tod in Bezug auf die Gartenzwerge bedeutete. Und war jetzt sehr gespannt. Sie sah sich um. Franzi und Moritz waren miteinander beschäftigt, Max war anscheinend nicht mitgekommen. Das Thema Garten hatte ihn vermutlich überstrapaziert. Tante Mechthild stand zappelig da und wühlte in ihrer Handtasche. Das trug ihr einen missbilligenden Blick ihrer Nachbarin zur Linken ein: Antoinette hielt sich kerzengerade. Zu ihrem himmelblauen wadenlangen Jeanskleid mit Gürtel um die schlanke Taille trug sie einen gleichfarbigen Leinenhut zum Schutz vor der Sonne und passende bequeme Leinenschuhe. Christmut hatte nicht mehr warten können und vergnügte sich bereits beim Bierausschank. Die Schweigeminute gestaltete sich nicht ganz so ruhig wie gewünscht, da mehrere Kinder mit Rollern und Rädern lachend und kreischend um den Brunnen tobten. Das pralle Leben gehörte eben dazu.

„Ich danke Ihnen. Wir kommen jetzt zur Preisverleihung." Tusch vom *Mundstück*. Die beiden anderen Jurymitglieder gesellten sich zu ihrem Kollegen und brachten die

Zwerge mit. Der Sprecher hielt den Rotbunten gut sichtbar für die erwartungsvolle Menge in die Höhe. „Wir bitten Frau Lieselotte Lind auf das Podium." Inmitten klatschender Hände drängte sich von weit hinten eine aufgeregte Lieselotte in einem geblümten wallenden Gewand nach vorne und nahm vorsichtig den dritten Preis an sich. Ihre blauen Augen strahlten, sie sah glücklich und zufrieden aus.

„Frau Lind, Ihr Gemüse- und Kräutergarten ist in vorbildlichem Zustand. Man möchte sofort hineinbeißen in all die Köstlichkeiten. Eine besonders hohe Punktzahl haben Ihre Spargelbeete erzielt. Sie zeugen von einer starken Gärtnerin. Hoffentlich macht Ihr Rücken diese Arbeit noch lange mit, damit wir Sie auch im nächsten Jahr wieder bei uns begrüßen dürfen. Herzlichen Glückwunsch Ihnen und Ihrem Garten."

Ein galanter und strahlender Ludger half seiner Gattin vom Podium herunter und winkte begeistert in Bettines Richtung.

„Und jetzt kommen wir zum zweiten Hauptgewinn." Pause für einen weiteren Tusch. „Hier war nicht die muntere Gänseschar ausschlaggebend, wenngleich eine Augenweide, sondern der fabelhafte Zustand der Streuobstwiese, des Küchengartens und der blühenden Stauden und Sträucher. Eine derartige Vielfalt sehen wir selten. Wir gratulieren Frau Antoinette Schmidt zum Silbernen Gartenzwerg. Herzlichen Glückwunsch."

Aufrecht und festen Schritts ging Antoinette nach vorn und nahm den Zwerg mit einem Nicken in Empfang. Bettine grinste innerlich ein wenig schadenfroh. Wer war denn da so sicher gewesen? Aber sie lächelte der Zweitplazierten anerkennend zu. Antoinette jedoch sah an ihr vorbei und verlor sich unter Beifallklatschen in der Menge. War sie etwa nach Hause gegangen? Bettine runzelte die Stirn. Da unterbrach das *Mundstück* mit einem besonders lebhaften Tusch ihre Gedanken.

„Ich möchte Ihnen nun die unbestrittene Gartenkönigin dieses Jahres präsentieren: Frau Mechthild Rose. Liebe Frau Rose, bitte kommen Sie aufs Podium." Tante Mechthild warf Bettine ihre Handtasche zu, schob ihren Hut zurecht und schritt lächelnd, mit leicht erhobenem Kinn und leuchtenden Augen, nach vorne. Leichtfüßig erklomm sie die drei Stufen, ergriff dann allerdings dankbar und ein wenig atemlos die hilfreiche Hand des Gärtnermeisters. „Ein Waldgarten par excellence! Mit all seinen Schwierigkeiten und Extrawünschen. Mit der Verantwortung für die alten Baumriesen, zum Beispiel die amerikanische Eiche und die gewaltigen Kastanien, mit seiner Ahornvielfalt, der leuchtenden Birkenwiese, der einladenden Quelle, wo ich mir nach dem Genuss einiger gezuckerter Rosenblätter erlaubt habe, einen Mundvoll Wasser zu nehmen.

Wie ich weiß, haben Sie in jungen Jahren Samen in Wäldern gesammelt und kenntnisreich in Ihren Garten gepflanzt. So bewunderten wir heute bei Ihnen unter anderem die pfirsichblättrige Glockenblume und die schwarze Teufelskralle. Auch das Frühjahr dürfte so manche Überraschung für Auge und Nase bereitgehalten haben.

Die Grundstücksgröße ist beachtlich, sodass es ebenfalls offene sonnige Flächen gibt, auf denen zum Beispiel Ghislaine de Féligonde im Kirschbaum hochranken und sich wohl fühlen kann. Insekten finden bei Ihnen einen reich gedeckten Tisch. Mir ist aufgefallen, dass es kaum gefüllte Blüten gibt.

Schattengärten gelten als schwierig. Ihrem Garten ist keine Arbeit und Mühe anzusehen, alles wirkt natürlich und richtig. So soll es sein. Und darum überreiche ich Ihnen mit großer Freude den Goldenen Gartenzwerg. Bis zum nächsten Mal. Und bleiben Sie gesund."

Der Gartenprofi schwitzte und strahlte, Tante Mechthild strahlte, und der Goldene blitzte aufreizend in der Sonne, als sie ihn einige Male über ihrem Kopf hin und her schwenkte. Der tosende Beifall hielt an, bis die Bläser noch einmal das schöne Paul-Gerhardt-Lied intonierten, das seinen Weg von der Kirche in die Sommerwelt gefunden hatte.

„Dass ich dir werd ein guter Baum ...", schallte es einstimmig über den Platz, wenn auch die Ersten unruhig wurden und hungrig und durstig endlich den Verkaufsständen zustrebten. Tante Mechthild stopfte ihren Zwerg in die Tasche und nahm diverse Glückwünsche gelassen entgegen.

„So, Kinderchen, das war's. Ich lad euch auf eine Bratwurst ein. Prosecco gibt's wohl nicht. Dann stoße ich heute mal mit einem Bier an. Aber ein dunkles bitte", rief sie Franzi und Moritz nach. Bettine nahm ihr die Tasche ab.

„Nachher ruhst du dich aber aus! Franzi und Moritz bleiben über Nacht und helfen mir beim Aufräumen."

„Gut, dass die beiden verlobt sind!" Bettine verdrehte die Augen und hakte ihre Tante entschlossen unter.

Es dauerte eine Weile, bis sie ihre Bestellung aufgeben konnten. Die Bratwurst vom glücklichen Landschwein war heiß begehrt. Und sie schmeckte köstlich. Der kleine Unterschied eben. Die Bärlauchmayonnaise schien selbst gemacht.

„Auf dich, Mechthild!" Franzi hob ihr Glas.

„Da würde ich mich gerne anschließen." Aha. Max war also wieder mit von der Partie. Er hatte sich ebenfalls ein Bier besorgt. „Ich habe mir noch einige andere Gärten angesehen, die auch ansprechend sind. Aber Ihr Garten, Frau Rose, hat etwas Besonderes. Er ist vor allen Dingen völlig unkonventionell. Und er atmet Frieden. Natur unter sich, so möchte ich es einmal formulieren. Man spürt, dass Sie eins mit der Natur sind." Bettine war überrascht. Sie hatte ihn wohl doch falsch eingeschätzt.

„Danke. Das ist ein wirkliches Kompliment. Aber wollten wir uns nicht beim Vornamen nennen?“ Tante Mechthild legte kokett den Kopf ein wenig schräg und strahlte ihn an.

„Ja, äh, sicher.“

„Mechthild! Meine Liebe! Ich gratulier dir ausch vollem Herzen und voller Kehle. Ich hätte auch nicht gewuscht, wo ich einen weiteren Gold... Goldschschwerg hätte verschtecken können.“ Die kleine Gesellschaft sah sich betreten an. Christmuts Anspielung war denkbar geschmacklos und vermutlich seinem schon erhöhten Alkoholpegel zuzuschreiben. „Schschöne Bettine, komm zu mir in den Garten, schschon lange wart’ ich dein.“ Der Heldentenor lallte ein wenig. Und ehe Bettine sich versah, hatte er den Arm um sie gelegt und sie mitten auf den Mund geküsst. Blitzschnell entwand sie sich und funkelte ihn wütend an.

„Da kannst du lange warten! Geh nach Hause und schlaf deinen Rausch aus, bevor du noch mehr Unfug anstellst, der dir hinterher leidtut!“

„Ich geh noch auf einen Schschlürschschluck zu Antoinette. Musch schie tröschten. Gute Nacht, du Schschöne.“

Bettine trank ihr Glas in einem Zug leer, wagte dann einen Blick in die Runde. Franzi und Moritz witzelten über Christmuts Avancen, während Tante Mechthild ihm voller Empörung nachstarrte. Max’ graue Augen wirkten unergründlich. Sie wurde rot und ärgerte sich. Mein Gott, was konnte sie denn dafür, dass Christmut sich so provozierend verhalten hatte? Bevor sie jemand ansprechen konnte, murmelte Bettine etwas von Gartenaufräumen und Spülmaschineeinräumen und verabschiedete sich kurz angebunden.

Bei den laufintensiven Aufräumarbeiten verrauchte ihr Zorn nach und nach. Franzi und Moritz waren noch aus, als Bettine nach einem Glas Rotwein todmüde in einen tiefen Dornröschenschlaf fiel.

ZWEITER TEIL

Ich hoffe mit aller Zuversicht, daß ich mit der Zeit der immerwährenden Segnung, die von meinem Garten ausgeht, würdiger werde und zunehme an Huld und Geduld und an Fröhlichkeit, wie die glücklichen Blumen, die ich so sehr liebe.

Elizabeth von Arnim:
Elizabeth und ihr Garten

Sonntag, 6. November

„… ich will doch wohl Rosen brechen, wenn mich gleich die Dornen stechen …"

Gedankenverloren leckte Bettine den Honiglöffel ab. Die volle Altstimme erwies der Arie aus der Bachkantate ihre Reverenz, dennoch wollte sich bei der Hörerin nicht die gewohnte Hingabe einstellen, wütete doch Sturmtief Klothilde ums Haus. Schließlich sprang sie auf und steckte die CD in die Hülle zurück. Unruhig ging sie in die Küche und sah nach dem Apfelkuchen, der am Nachmittag dem Gaumen eines kritischen Damenkränzchens ausgesetzt sein würde. Die Damen der Bergstraße trafen sich einmal monatlich zu Kaffee, Kuchen und Gartengesprächen. Heute hatte Bettine ihre Premiere, und Lieselotte würde erstmalig dabei sein. Falls sie wegen des Wetters nicht lieber zu Hause bliebe. Antoinette hatte das Kränzchen im September ins Leben gerufen, und Bettine hatte es nicht geschafft, ein klares Nein zu formulieren. Letztlich beteiligte sie sich Tante Mechthild zu Gefallen. Außerdem war ihr einfach keine zündende Ausrede eingefallen. Übersetzungsaufträge ließen auf sich warten, und Bettine überlegte, ob sie ihrem Verleger mit Gedichten und Weihnachtsgeschichten von Agatha Christie kommen könnte, die vielleicht nicht große Literatur waren, aber eindeutig zum Gesamtwerk der vielseitigen Schriftstellerin gehörten. Und entzückend war natürlich die *Ballad of the Maytime*, eine Bluebell-Ballade mit märchenhaftem Aroma. Vielleicht sollte sie die Kränzchengespräche mit dieser Ballade anreichern, denn die üblichen Gartenthemen waren auf die Dauer ermüdend. Wenngleich Antoinette mit nie erlahmender Begeisterung immer noch etwas beizusteuern wusste.

Bettine beobachtete kritisch die Tannenreihe an Tante Mechthilds westlicher Grundstücksgrenze. Die Bäume bogen sich bedenklich, waren aber nach ihrer Erfahrung anpassungsfähig. Als Kind hatte sie sich in den Wipfeln gerne wiegen lassen. Ein Pirat auf stürmischer See. Das war natürlich streng verboten gewesen.

Da klingelte es, und Lieselotte stürmte sozusagen herein. Ludger hatte sie in seinem alten Opel Admiral hergebracht und winkte den beiden zu. Er hatte ein Faible für diesen Oldtimer, und nur sein schmales Budget hinderte ihn daran, ein weiteres Exemplar der Spezies aufzubocken und startklar zumachen. Bettine winkte lächelnd zurück und wandte sich freundlich an ihren Gast. „Gut, dass Ludger Sie bringen konnte. Bei dem Unwetter hatte ich schon meine Bedenken."

Lieselotte strahlte. „Ich wär' auf jeden Fall gekommen. Ich hab mich ja so über die Einladung gefreut." Ihre naive Begeisterung überraschte Bettine, und sie machte sich klar, dass Gartendamenkränzchen für manche Menschen eine Bereicherung ihres Alltags darstellen konnten.

„Schön haben Sie's hier. Das ist wohl das Musikzimmer? Darf ich mal?" Ohne Bettines Antwort abzuwarten, setzte

Lieselotte sich ans Klavier und schlug ein paar Töne an. „Zu Hause hatten wir auch ein Klavier und ich hatte mal Unterricht. Aber ich hab' alles verlernt", sagte sie bedauernd und strich ihr leicht fettiges strähniges Haar aus dem Gesicht.

„Das glaub' ich nicht. Klavierspielen verlernt man nicht. Sie sind nur aus der Übung."

„Ein Klavier kam für Ludger und mich nie infrage. Zu teuer. Auch der Unterricht." Sie zuckte die Achseln. „Und jetzt hab ich ja meinen Garten."

„Sie können ein Klavier auch im Leasing-Verfahren erwerben."

„Wir kaufen nichts auf Raten. Die Zeiten können sich immer ändern. Dann hat man auf einmal nichts mehr zum Abbezahlen. Nein, nein. Klavierspielen, das war einmal", sagte Lieselotte bitter. Bettine war erleichtert, als es ein weiteres Mal schellte.

Antoinette hatte dem unwirtlichen Wetter mit zweckmäßiger Kleidung und Pragmatismus getrotzt. Wangen und Augen glühten förmlich vor frischer Luft. „Sind die anderen schon da?", fragte sie mit sanfter Stimme.

„Meine Tante fehlt noch. Vielleicht sollte ich sie doch lieber abholen. Du verträgst dich doch mit Lieselotte?" Abwägend musterte sie die alte Dame, die beruhigend nickte.

„Tante Mechthild? Wo bleibst du? Wir wollen anfangen."

In der unteren Etage war keine Tante. Die Kellertür stand sperrangelweit auf. Sie würde doch nicht bei diesem Wetter – ach, Unsinn! Sicher war sie noch oben im Schlafzimmer, wohin sie sich nach besonders anstrengenden Vormittagen hin und wieder zurückzog, statt wie gewöhnlich auf dem Sofa Zeitung zu lesen. Oder machte sich im Bad fertig. Bettine hastete die Treppe hinauf. Auch die Schlafzimmertür stand weit auf.

Aber das Zimmer war leer. Ebenso das Gästezimmer.

„Tante Mechthild!“ Bettine lauschte. Außer dem beschleunigten Schlag ihres eigenen Herzens war nichts zu hören. Sie raste die Treppe hinunter zum Telefon. Bitte nehmt ab. Nehmt ab.

„Hier bei Brandt. Wer spricht dort bitte?“

„Antoinette? Könnt ihr sofort rüberkommen? Hier stimmt was nicht. Ich kann meine Tante nicht finden!“

„Wir sind gleich bei dir. Unternimm nichts alleine!“

Bettine war alarmiert, hatte ein Déjà-vu-Gefühl. Unruhig ging sie noch einmal durch alle Zimmer, machte überall Licht. Kurze Zeit später waren Antoinette und Lieselotte zur Stelle.

„Wir müssen in den Garten.“ Unwirsch öffnete Bettine die Kellertür.

„Sollen wir nicht erst noch einmal …“

„Nein, Antoinette. Hier ist sie nicht.“

„Soll ich Ludger verständigen?“, fragte Lieselotte, der ziemlich mulmig zumute war.

„Ich hoffe nicht“, antwortete Bettine finster. Sie hakten sich ein und stemmten sich gemeinsam gegen den Sturm. Nachdem Dorian sie im Februar verschont und weiter südlich sein Unwesen getrieben hatte, schien Klothilde verlorenen Boden zurückgewinnen zu wollen. Bettine erinnerte sich schaudernd an Tante Mechthilds Warnungen und versuchte, den Waldweg zu meiden, wo man immer mit Windbruch rechnen musste.

„Du hast keinen Mantel an!“ Antoinette machte ein bedenkliches Gesicht.

„Was sagst du?“, schrie Bettine zurück, aber Klothilde trug auch ihre Worte einfach davon. Verbissen stapften sie mit gesenkten Köpfen weiter, stiegen über eine der Birken, die es erwischt hatte, und bogen in den Buchenweg ein.

„Nein!“

Bettine riss sich los und rannte auf die kleine Gestalt zu, die auf der Erde unter der Blutbuche lag und eindeutig Tante Mechthild war. Die Pelzkappe war leicht verrutscht, und aus einer hässlichen Beule mitten auf dem Kopf war ein wenig Blut in die weißen Löckchen geflossen. Es war bereits leicht eingetrocknet.

Bettine suchte fieberhaft nach dem Puls und atmete erleichtert auf. Schwach, aber regelmäßig.

„Lebt sie noch?“ Antoinettes Stimme klang rau. Sie hatte sich hingekniet und musterte aufmerksam Tante Mechthilds stummes Gesicht.

„Ja. Sie lebt noch. Ist bewusstlos“, schrie Bettine zurück. „Wir brauchen sofort einen Krankenwagen.“ Und Lieselotte, die froh schien, dem grausigen Geschehen entfliehen zu können, deutete durch Gesten an, dass sie sich darum kümmern würde.

Dann ging auf einmal alles sehr schnell. Zusätzlich zum Rettungswagen erschien auch Ludger mit sorgenvoller Miene und kümmerte sich darum, dass Antoinette und Lieselotte wohlbehalten nach Hause kamen.

Bettine fuhr mit ins Krankenhaus nach Osnabrück. Während des Transports war Tante Mechthild aus der Ohnmacht erwacht, konnte sich aber an nichts erinnern. Und natürlich wollte sie nicht ins Krankenhaus. Bettine hielt ihre Hand und erklärte, dass ihr Kopf untersucht werden müsse, weil sie gestürzt sei.

Der freundliche junge Bereitschaftsarzt beruhigte Bettine, versorgte die Wunde, beurteilte das Röntgenbild und gab zu verstehen, dass die Knochen unversehrt seien. Tante Mechthild bekam ein ruhiges, helles Einzelzimmer, und nach einer netten kleinen Spritze schlief sie fast sofort ein.

„Ihre Tante hat enormes Glück gehabt. Wer auch immer ihr den Schlag verpasst hat, hat die Pufferwirkung der Pelzkappe unterschätzt. So ist es bei einer kräftigen Gehirnerschütterung geblieben. Und bei einem vermutlich kurzfristigen Gedächtnisverlust. Wir behalten Ihre Tante mindestens zehn Tage hier. Sie braucht Bettruhe und muss weiter beobachtet werden."

Prüfend betrachtete er Bettine. „Machen Sie sich nicht so viele Sorgen. Haben Sie Rescuetropfen?"

„Hab ich schon genommen."

„Gut. Und wenn Sie Fragen haben, stehe ich Ihnen jederzeit zur Verfügung."

Der Sturm hatte sich gelegt. Der Himmel zeigte sich grau verhangen und die Luft fühlte sich feucht an.

Bettine hatte Ludger gebeten, den Abend bei ihr zu verbringen, um die Lage zu sondieren und sich einen ersten Überblick zu verschaffen. Er hatte aus *Omi's Eingemachtes* mehrere Flaschen dunkles Landbier mitgebracht, um auch einmal etwas Leckeres beizutragen. Das ergänzte sich hervorragend mit dem aromatischen Bergkäse und dem deftigen Hausbrot, das Franzi vorgestern aus Münster mitgebracht hatte.

Vorgestern. Wie lange das her schien. Da war die Welt noch in Ordnung gewesen. Bettines Welt zumindest. Der Bereitschaftsarzt hatte angenommen, dass jemand Tante Mechthild einen Schlag auf den Kopf versetzt hatte. Aber Bettine hatte eine völlig andere Theorie.

„Du siehst doch die Parallele zu Barbara auch", sagte sie streng. „Du musst unbedingt einen Termin mit BaumBerger machen."

Ludger nahm einen langen Schluck. „Mach ich. Aber sobald es hell ist, schaue ich mir den Tatort oder sagen wir: Fundort noch mal genau an. Vielleicht finde ich diesmal irgendetwas."

„Wir! Wir schauen uns den Fundort an. Es ist schließlich meine Tante“, erwiderte Bettine mit Nachdruck und biss mit Appetit in ein umfangreiches Käsestück.

„Es ist auffällig, dass sie ebenfalls unter einem Baum lag“, sinnierte Ludger.

„Und dass wir wieder ein Sturmtief haben. Das ist kein Zufall. Ich bin mir hundertprozentig sicher, dass da an einem Ast manipuliert wurde. Und dann die Sache mit Mausi.“ Ludger schaute sie fragend an.

„Ich hab sie stundenlang gesucht. Sie schlief wie tot im Heizungskeller in einer dunklen verstaubten Ecke. Direkt auf dem kalten Steinboden. Das ist völlig untypisch für Katzen. Und gerade Mausi ist sehr auf weiche, kuschelige Plätze bedacht. “

„Ich frage mich, warum deine Tante bei dem Unwetter in den Garten gegangen ist. Könnte es nicht sein, dass sie Mausi ...“

„Genau. Sie hat bestimmt Mausi gesucht. Meine Tante hätte nie bei Sturm das Haus verlassen, um sich zu amüsieren, wenn die Katze noch unterwegs gewesen wäre.“

„Kann es sein, dass Mausi krank ist?“

„Krank nicht. Nur müde. Sie hat den ganzen Nachmittag auf dem Sofa weitergeschlafen. Und dann mit großem Appetit gefressen. Es geht ihr jedenfalls gut. Außer, dass sie natürlich Tante Mechthild vermisst.“

„Also gehe ich mal von Fremdverschulden aus.“ Ludger wirkte beunruhigt.

„Herr Polizeihauptmeister, die Vermisste lebt“, sagte Bettine belustigt.

„Bettine, nach allem was wir über die Katze an sich und diese spezielle Katze wissen, fürchte ich, dass Mausi ohne eigenes Zutun im Keller gelandet ist.“

„Ach du Schreck.“ Bettine starrte Ludger entgeistert an.

„Das kannst du wohl laut sagen."

„Ich ..."

„Sei mal einen Moment still."

„Ich hab eine Idee!"

„Und?", fragte Ludger unwirsch.

„Jemand könnte ihr ein Schlafmittel gegeben haben", schlug Bettine mit leuchtenden Augen vor. „Und sie dann in den Keller verschleppt haben."

„Sicher. So kann es gewesen sein." Ludger zögerte kurz und fuhr dann düster fort: „Und auf diese Art hat er deine Tante in den Garten gelockt. Infam. Ich bin froh, dass sie im Krankenhaus ist, sozusagen unter Aufsicht. Stell dir vor, der potentielle Mörder erfährt, dass er erfolglos war. Er könnte es noch einmal versuchen. Und da uns das Motiv fehlt und wir nur Indizien haben, können wir offiziell nichts unternehmen."

„Wir könnten verbreiten, dass meine Tante im Koma liegt. Vorsorglich, meine ich. Dass sie auf der Intensivstation liegt und nicht besucht werden darf."

Ludgers Miene hellte sich augenblicklich auf. „Gute Idee, Bettine. Und merk dir bitte, wer sich auffällig nach dem Gesundheitszustand deiner Tante erkundigt. Wir sammeln erstmal breit gefächert, was uns in die Quere kommt." Er erhob sich schwerfällig.

„Musst du das nach Münster melden?", wollte Bettine wissen und schnitt sich noch eine dicke Scheibe Brot ab.

„Erstmal schauen wir nach dem Ast und warten den Befund von BaumBerger ab. Um mehr in der Hand zu haben. Dann werde ich mich mit Max beraten, mein alter Chef, weißt du ja."

Bettine verschluckte sich, und nachdem Ludger ihr erfolgreich auf den Rücken geklopft hatte, würgte sie ein „Find ich gut" heraus.

Und damit waren die Weichen fürs Erste gestellt.

Montag, 7. November

Klothilde hatte sich endgültig in östlichere Gefilde verzogen und einer matten Novembersonne Platz gemacht.

Bettine verschloss sorgfältig die Haustür ihrer Tante. Sie hatte der Katze Frühstück gemacht und ihr ein paar Streicheleinheiten gegönnt. Mausis Ausgang jedoch war erst einmal gestrichen, und der Katzentransportkorb mit Lachsleckerlis ausgelegt worden. Sie hatte die Idee gehabt, die Katze beim Tierarzt vorzustellen. Vielleicht würde dieser ihre graue Theorie bestätigen. Ludger hatte bereits das Krankenhaus, die Intensivstation (wo Tante Mechthild angeblich lag) und den behandelnden Arzt über die geplante Strategie informiert.

Schon in der Diele hörte sie das Telefon. Herr Vogt informierte sie darüber, dass er und Bert Ostmann gegen zehn Uhr bei ihr sein würden. Und in zehn Minuten konnte Ludger hier sein.

Seufzend begab Bettine sich in die Küche, goss heißes Wasser auf das Kakaopulver und gab einen ordentlichen Schluck Sahne dazu. Gestern Abend hatte sie Franzi auf den aktuellen Stand gebracht und ihr das Versprechen abgerungen, Tante Mechthild, die noch matt war und viel schlief, heute noch nicht zu besuchen. Franzi hatte mit Nachdruck darauf bestanden, dass sie und Moritz erst dann in die Ferien fahren würden, wenn ihre Tante wieder zu Hause und der Fall geklärt sein würde. Ein Juisturlaub war das witzigerweise doppelte Verlobungsgeschenk von Tante Mechthild und Bettine auf der einen und Max auf der anderen Seite gewesen. Beim Öffnen der Gutscheine hatten alle große Augen gemacht: sechs geschenkte Ferienwochen. Franzi und Moritz, beide erprobte Sommerurlauber, hatten beschlossen, zur Abwechslung einige Novembertage auf ihrer Insel zu verbringen. Gott sei Dank waren die Meerschweinchen wieder in Franzis Obhut. Sie und Moritz hatten endlich eine bezahlbare Wohnung in Münsters Mitte gefunden.

Ludger wirkte amtlich. Sogar seine Mütze trug er. Sie begaben sich zum Fundort. Immer wieder wurden sie von heruntergefallenen Ästen und Zweigen behindert. Manche hingen noch angebrochen im Baum und konnten sich jeden Moment lösen. Vorsichtig näherten sie sich der Unglücksstelle, an der sich das Gras noch nicht wieder erholt hatte. Im Umkreis lag allerlei Holz herum. Und nicht zu übersehen ein mindestens zwei Meter langer Ast vom Umfang eines muskulösen Herrenoberschenkels. Bettine konnte nicht umhin, sich zu wundern, dass ihr der nicht vorher aufgefallen war. Doch da hatte sie wohl wirklich nur Augen für ihre Tante gehabt.

„Halt! Nichts anfassen. Und nichts zertreten."

„Du denkst aber auch an alles", sagte Bettine anerkennend, als Ludger sich in seine Handschuhe quälte. Der Ast gehörte eindeutig zu der Blutbuche, unter der Tante Mechthild so hilflos gelegen hatte. Die Bruchstelle war schmal und ging in eine unsaubere Sägekante über.

„Da haben wir den Salat." Ludger brummte etwas vor sich hin, was sich nach einem kräftigen Fluch anhörte, während Bettine den Kopf in den Nacken legte und angestrengt in die Buche lugte.

„Ich kann nichts sehen."

„Musst du ja auch nicht. Das überlassen wir gleich den Profis." Ludger zog ungeduldig an den recht anhänglichen Handschuhen und zauberte eine Tüte mit Karamellen aus seiner Jackentasche. „Hier. Magst du auch?"

„Jetzt nicht. Die Beweislage ist aber eindeutig, oder? Das kann kein Zufall mehr sein. Mein Gott, wie kann jemand nur so – so gemein sein? So hinterhältig?" Bettine war niedergeschmettert. Und empört. „Meine Tante hat keinem was getan. Das ist sonnenklar."

Ludger legte ihr kurz die Hand auf den Arm. „Bettine, ich schwöre dir, das kriegen wir raus. Mit oder ohne Münster. Nun lass uns eben nach oben gehen. Firma BaumBerger müsste jeden Moment da sein."

Bettine wärmte sich die praktischerweise vom Vortag übrig gebliebene Gemüsesuppe auf.

Der Unfall lag jetzt als Fall bei der Münsteraner Polizei, sprich Max, vor. Ludger hatte ihr eingeschärft, dass nichts an die Öffentlichkeit dringen durfte. So hatte Bettine Christmut, Pfarrer Paul, Lieselotte und auch Franzi mit Halbwahrheiten abspeisen müssen, was ihr schwer gefallen war, aber natürlich Tante Mechthilds Sicherheit diente.

Sie hatte schon mehrere Ortsgespräche hinter sich, als das Telefon sie beim Essen unterbrach. „Ja? … Ach, du bist's, Antoinette … Nein, du störst nicht, die Suppe ist eh noch zu heiß … Das ist lieb von dir, aber meine Tante liegt noch im Koma … Nein, man kann sie noch nicht besuchen … Danke, ja. Das kann ich gebrauchen … Was meinst du? … Den ‚Tag der offenen Gartenpforte'? … Darüber habe ich mir doch jetzt noch keine Gedanken gemacht … Du hast Recht. Wir müssen auf alles gefasst sein. Ich schätze mal, ich werde mich um den Garten kümmern. Mit Franzis und Moritz' Hilfe werde ich schon etwas hinbekommen. Das ist doch mal eine echte Herausforderung. Vielleicht kann ich Christmut auch noch motivieren. Zu mehreren kann Gartenarbeit sicher auch Spaß machen. Und eigentlich hat Tante Mechthild ja alles so gut in Schuss, dass wir's nur weiter pflegen und nichts neu gestalten müssen. Wenn wir gar nicht mehr weiter wissen, fragen wir einfach dich. Du bist die Fachfrau … Ja. Ich halte dich auf dem Laufenden. Danke für deinen lieben Anruf. Bis

Donnerstag." Kopfschüttelnd legte Bettine den Hörer aus der Hand. Worüber Antoinette sich Gedanken machte! Aber irgendwie auch rührend, dass sie sich so besorgt um Tante Mechthilds Garten zeigte.

Sie ließ die Stunde mit Ludger und der Firma BaumBerger noch einmal Revue passieren. Bert Ostmann hatte sie ein weiteres Mal beeindruckt, wenn auch das Ergebnis seiner Feldforschung bedrückend gewesen war. Er hatte eindeutig nachweisen können, dass auch an der Blutbuche ein Ast unsauber angesägt worden war, halbprofimäßig gewissermaßen. Aber eben doch so profimäßig, dass er bei Orkanböen abbrechen und zu einer gefährlichen Waffe werden konnte.

Bettine runzelte irritiert die Stirn. Sie jedenfalls kannte niemanden, der derartige Kunststücke im Baum fertigbringen würde, wie Bert Ostmann sie ihnen vorgeführt hatte. Eigentlich kam nur ein Baumkletterer infrage. Eine Nacht- und Nebelaktion musste es gewesen sein. So viel war sicher. Und der Kletterer musste sich sehr gut ausgekannt haben. Aber würde ein Profi unsauber sägen? Eine Möglichkeit wäre, dass er eventuelle Ermittler irreführen wollte. Sie seufzte. Das Motiv. Ohne Motiv kamen sie einfach nicht weiter. Was verband eigentlich Barbara und Tante Mechthild? Sie waren Nachbarinnen an der Bergstraße. Sie waren gläubige Christen. Und sie waren beide leidenschaftliche Gärtnerinnen, wenn auch mit unterschiedlichen Zielvorstellungen darüber, wie ein Gartenparadies beschaffen sein sollte. Vielleicht hatte jemand etwas gegen Gärtnerinnen? Jemand, der keinen eigenen Garten hatte, vielleicht noch nicht einmal einen Balkon zum Entspannen und Genießen.

Bettine sprang alarmiert auf. Neid und Eifersucht waren starke Motive. Wenn sie Recht hatte mit ihrer Vermutung, waren Antoinette und Lieselotte ebenfalls in Gefahr. Sie schaffte es, Mausi in den lecker duftenden Transportkorb zu locken, griff sich ihre Siebensachen und raste mit dem Bulli in halsbrecherischer Geschwindigkeit die Talstraße hinunter. Vor dem Polizeibüro bremste sie scharf ab, sprang aus dem Wagen und breitete eine halbe Minute später erhitzt und erregt ihre Ängste und Überlegungen vor Ludger aus. Der stellte derweil eine dampfende Kaffeetasse vor seine unerwartete, aber hochwillkommene Besucherin, maß drei Löffel Zucker ab und rührte bedächtig seinen doppelten Espresso um. „Stellen wir uns doch mal die wichtigste Frage: Wie wurde das Verbrechen begangen? Wenn du das weißt, hast du den Täter, sagt man gemeinhin."

„Wie meinst du das?" Bettine sah Ludger skeptisch an. „Weißt du etwa, wer es war?"

„Quatsch. Äh, nein. Lass uns logisch vorgehen." Ludger schlug sein Notizbuch auf. „Wir erarbeiten jetzt mal ein Täterprofil."

„Er muss klettern können", stellte Bettine energisch fest.

„Genau." Ludger nickte. „Und sägen. Das bedeutet, er muss kräftig sein, durchtrainiert und mit einer Säge vertraut." Er kritzelte. „Auf wen trifft das zu, in unserem engeren Kreis hier in Tecklenburg? Nur mal so als Gedankenspiel."

„Auf Christmut", sagte Bettine betreten, „aber der hat doch ein Alibi. Und auf Lieselotte?" Sie sah Ludger unsicher an.

Lieselottes bessere Hälfte lächelte milde. „Die können wir vergessen. Kräftig ist sie, sägen kann sie auch, aber klettern? Da gnade Gott dem Baum. Was meinst du zu Antoinette?"

„Antoinette? Die ist erstaunlich fit für ihr Alter, kann aber sicher nicht mehr auf einen Baum klettern, oder?"

„Das sehe ich auch so. Und uns klammern wir einfach mal aus."

Bettine sah ein wenig erschrocken aus.

„Also weiter. Der Täter muss relativ jung sein."

„Meinst du, es könnte ein Scherz gewesen sein? Eine Wette? Eine Mutprobe oder so was? Dass da vielleicht Kinder oder Jugendliche mit drinhängen?", fragte Bettine nachdenklich.

Der Polizeihauptmeister wog diese Möglichkeit kurz ab und schüttelte dann den Kopf. „Nein. Das halte ich für ausgeschlossen. Wenn wir es mit nur einem angesägten Ast zu tun hätten, vielleicht." Er hob bekümmert die Schultern.

„Also jemand mittleren Alters", fasste seine ambitionierte Assistentin zusammen. „Was ist mit Pfarrer Paul?" Sie sahen sich unbehaglich an. Dann atmete Bettine erleichtert auf. „Nein. Nicht Pfarrer Paul. Er hat doch Rheuma, der Arme."

„Puh. Da bin ich aber froh."

„Ja. Einerseits. Aber wer bleibt dann noch? Ein Fremder?"

„Dann wird es erst richtig kompliziert. Das glaube ich auch nicht. Ich fürchte, wir sitzen fest", brummte Ludger.

Bettine erhob sich entschlossen. „Lass uns jetzt mit Mausi zum Arzt. Vielleicht bringt uns das irgendwie weiter."

Doch der Tierarzt vertröstete sie nach der Blutabnahme auf das Laborergebnis am Donnerstagvormittag.

Donnerstag, 10. November

Ein grauer Novembertag, wie er im Buche steht. Feuchtes Nieselwetter und Schmuddeltemperaturen. Bettine fröstelte, als sie die Post reinholte. Der Verleger hatte geantwortet. Die Agatha-Christie-Übersetzung war fürs kommende Jahr angedacht. Endlich mal eine gute Nachricht. Summend ließ Bettine sich mit dem zweiten Briefumschlag am Küchentisch zum Frühstück nieder. Und erstarrte.

Der Umschlag verriet keinen Absender. Auf der Vorderseite prangte ihr Name in Druckbuchstaben. Mit Bleistift geschrieben. Die Lasche war lose eingesteckt. Nein. Den würde sie nicht alleine öffnen.

Zehn Minuten später ließ Ludger sich schwer atmend auf einen Stuhl fallen. Seine Jacke war schief geknöpft, und ein winziger gelber Fleck im Bart zeugte von einem eilig unterbrochenen Frühstück. Mit Ei.

Zittrig schob Bettine ihm das Corpus Delicti zu. Ludger streifte seine Handschuhe über, öffnete den Umschlag und entnahm ihm ein Blatt in Druckerpapierqualität. Einseitig beklebt mit einem bedruckten Stück Papier.

Gemeinsam lasen sie: „Warte nur, balde ruhest du auch."

Bettine wurde kreidebleich und würgte „Goethe" hervor.

Ludger sah sie besorgt und verständnislos an. „Der Dichter?"

Bettine nickte heftig: „Die letzten beiden Zeilen von ‚Ein gleiches'. Ich glaub, ich brauch einen Schnaps. Du auch?"

Ludger winkte ab. „Ich nehm' mir eine Tasse Tee, wenn ich darf." Bettine nickte nur und leerte das Pinnchen mit dem aromatischen Holunderschnaps, den sie für besondere Anlässe stehen hatte, auf einen Schluck.

„Wir haben es also mit einem anonymen Brief zu tun, der eine Drohung enthält", überlegte Ludger laut. „Wenn nicht mehr. So interpretier ich das mal." Er sah Bettine besorgt an. „Ich bin froh, dass Max heute Mittag kommt. Bitte geh nicht alleine aus dem Haus. Und lass niemanden rein. Versprich mir das!"

„Ich versprech's dir. Glaubst du, wir kriegen raus, wer das geschrieben hat?", fragte Bettine nachdenklich.

„Sicher, das werden wir." Ludger hörte sich zuversichtlicher an, als ihm zumute war. Sie wurden vom Telefon unterbrochen. Es war die Tierarztpraxis. In Mausis Blut waren Reste eines Schlafmittels festgestellt worden. Die genaue Analyse ging an Ludgers Büro.

Nach einer kurzen, wenig erholsamen Mittagspause wurde Bettine durch anhaltendes Klingeln aus ihren düsteren Gedanken hochgeschreckt. Durch die hübsch verzierte Milchglasscheibe erkannte sie Ludger und Max.

„Ich bin gekommen, sobald ich mich freimachen konnte. Ihrer Tante geht es doch hoffentlich besser?" Max behielt Bettines Hand einen Moment in der seinen. Er machte einen besorgten Eindruck.

„Danke. Ja, es geht ihr wesentlich besser. Ich werde später noch bei ihr vorbeifahren." Sie rang sich ein Lächeln ab. Der weinrote Kaschmirschal kleidete ihn gut.

„Sie haben wohl nichts dagegen, dass ich Sie begleite?"

„Als mein Leibwächter? Ist das nicht übertrieben?"

„Wir werden sehen. Wenn Ihnen der Gedanke zuwider ist, finden wir eine andere Lösung." Max' Stimme klang auf einmal kühl.

„Bettine, ich glaube, du beurteilst deine Lage falsch", mischte Ludger sich ein. „Wir wollen lediglich ausschließen, dass dir etwas Unangenehmes zustößt."

„Ich hab' Kaffee gemacht", erwiderte sie brummig. Sie setzten sich um den Esstisch. Einen Moment lang sagte keiner etwas, nur gelegentliches Schlürfen war zu hören. Dann nickten die Herren sich zu, setzten ihre Lesebrillen auf und streiften die Handschuhe über. Ludger entnahm einer braunen Aktenmappe den hässlichen Drohbrief. Sie beugten sich in schöner Eintracht über das Papier.

„Das ist auf keinen Fall aus einer Zeitung ausgeschnitten", platzte Bettine heraus. „Das Papier ist völlig anders."

„Ich nehme den Brief nachher mit nach Münster. Die Kriminaltechniker werden etwas dazu sagen können. Aber ich gebe Ihnen Recht. Das ist qualitativ hochwertiges Papier, aufgeklebt auf normales Druckerpapier, wenn ich das richtig sehe", murmelte Max und hob das Blatt näher an seine Augen.

„Vielleicht aus einem Buch ausgeschnitten", vermutete Bettine.

„Sehr viele andere Möglichkeiten bleiben wohl nicht übrig."

Natürlich nicht. Hätte er das nicht netter sagen können? Sie biss sich verärgert auf die Lippen. „Ein Täter, der Goethe liest und sich die Mühe macht, einen Drohbrief in Form eines Zitats zu verfassen, ist Ihnen in Ihrer langen Laufbahn sicher auch noch nicht untergekommen, oder?" Sie merkte, wie ihr heiß wurde und schälte sich erbost aus ihrer Lammfelljacke. So entgingen ihr die erstaunten Blicke, die Polizist und Kriminalist ihr zuwarfen.

Max räusperte sich. „Bettine, bitte sagen Sie mir, wer aus Ihrem Bekanntenkreis hier ist an Literatur, insbesondere an Lyrik interessiert? Fällt Ihnen da jemand ein?"

Sie schluckte, sah betreten zu Ludger hinüber und schwieg.

Max' Stirn umwölkte sich. „Ludger?"

„Ähm."

Bettine schoss Ludger einen warnenden Blick zu. Der nestelte erst einmal eine angebrochene Tüte mit appetitlich aussehenden Honigbonbons aus den Tiefen seiner Jackentasche, nahm sich einen und ließ die Tüte einladend auf dem Tisch liegen. Der Kriminalhauptkommissar wurde ungehalten. „So kommen wir nicht weiter. Ihr – Sie müssen schon kooperieren."

Bettine wurde merklich blasser und griff ebenfalls zur süßen Stärkung. Sie sah nicht auf.

„Chef, wir, also Bettine und ich, haben mal ein vorläufiges Täterprofil erstellt, und alles, auch die Sache mit den erforderlichen Literaturkenntnissen, weist eindeutig auf ein und dieselbe Person hin. Die kann es aber nicht gewesen sein, weil sie für die Tatzeit ein Alibi hat."

„Welche Tatzeit meinst du genau?"

„Oktober letzten Jahres. Den Mord an Barbara Droste. Hier ist unser Profil."

Max vertiefte sich schweigend in ihre Aufzeichnungen.

Schließlich sah er auf. „Gute Arbeit. Ich denke auch, dass es sich nicht um jugendlichen Unfug handelt. Dennoch. Ohne das Motiv zu kennen und ohne eine Mordwaffe gesichert zu haben, sprechen wir noch nicht von Mord. Es kann immer noch ein Unfall mit Todesfolge oder Totschlag gewesen sein. Herr Drostes Alibi ist überprüft worden, ja, aber er könnte theoretisch auch irgendwann zuvor schon im Garten gesägt haben. Ich neige jedoch zu der Annahme, dass Herr Droste, falls es Mord, beziehungsweise Totschlag, war, als Täter eher nicht infrage kommt. Er hat keine Baumklettervergangenheit und besitzt keine Akku-Säge." Der tiefe erleichterte Seufzer aus Bettines Ecke entging ihm nicht, und er zog unwillig die Brauen zusammen. „Wer hat sich eigentlich in den letzten Tagen nach Ihrer Tante erkundigt?"

„Eigentlich alle“, sagte Bettine eifrig. „Sie lebt schon seit Ewigkeiten hier und ist sehr beliebt. Antoinette, also Frau Schmidt, machte sich sogar Gedanken über Tantchens Garten. Das fand ich direkt rührend.“

„Inwiefern? Was interessierte sie im Besonderen?“

„Der ‚Tag der offenen Gartenpforte‘ im nächsten Jahr. Ich hab’ ihr gesagt, dass wir uns auf jeden Fall beteiligen werden. Auch im schlimmsten Fall. Das wäre ganz im Sinne meiner Tante.“ Ihre Augen blitzten. „Ich habe eine Idee.“

„Ja bitte?“

„Ich finde, wir sollten reden. Nicht alles, was wir herausgefunden haben, geheim halten. Über meine Tante reden, über das Täterprofil, unsere Überlegungen. Das schlägt sicher Wellen und verleitet den Täter eventuell zu unüberlegtem Handeln.“ Erwartungsvoll sah sie Max und Ludger an.

Doch Letzterer schüttelte bedenklich seinen Kopf, und Ersterer schien auch nicht sehr begeistert zu sein. „Ich fürchte, das ist unklug. Verstehen Sie mich bitte nicht falsch. Eigentlich ist es eine gute Idee, die sicher Erfolg hätte. Aber gerade deshalb kommt dieser Weg für uns nicht in Frage. Wir dürfen den Drohbrief nicht vergessen. Jemand ist bereits gewarnt.“

„Aber er muss doch nicht zwingend von Barbaras Mörder geschrieben worden sein“, begehrte Bettine auf.

„Ich fürchte, doch.“

„Offiziell sprechen Sie zwar nicht von Mord, aber inoffiziell schon, oder wie darf ich das jetzt verstehen? Sie brauchen mich nicht zu schonen. Ich komm schon klar.“

„Keiner will dich hier schonen, Bettine“, mischte Ludger sich energisch ein. „Wir müssen dir aber den Ernst der Lage klarmachen, damit du nicht unbeabsichtigt leichtsinnig bist. Der Brief steht in direktem Zusammenhang mit dem Mord an Barbara und dem Mordversuch an deiner Tante. Du sollst doch nicht die Nächste sein. Darum ist es zu diesem Zeitpunkt unklug, wie Max sagte, den Täter weiter zu provozieren."

„Ist gut. Ich hab's verstanden", murmelte das potentielle nächste Opfer missmutig.

„Danke, Ludger, du hast es auf den Punkt gebracht. Ich werde einen Beamten aus Münster zu Ihrer Sicherheit anfordern. Alles andere wäre unverantwortlich. Sie halten sich übrigens erstaunlich tapfer, wenn ich das mal so sagen darf." Max sah Bettine, die rosig angelaufen war, nachdenklich an.

„Heute Nachmittag werde ich wie versprochen meine Tante besuchen. Ob mit oder ohne Polizeischutz." Unwirsch schob sie die Kaffeetassen zusammen.

„Ich könnte bei dir bleiben. Statt des Beamten aus Münster. Lieselotte hätte sicher nichts dagegen." Auch Ludgers Gesichtsfarbe vertiefte sich ein wenig. „Das würde auch deine Tante nicht so beunruhigen wie ein fremder Mann." Bettine lächelte ihn strahlend an. Er konnte mitunter doch erstaunlich einfühlsam sein, ihr Ludger. Auch Max war einverstanden.

Da fiel Bettine noch etwas ein. „Mausi. Wir haben Ihnen noch nicht von Mausi erzählt. Sie haben Reste eines Schlafmittels im Labor nachweisen können. Also jemand, der sich beiläufig Zutritt zum Haus meiner Tante verschaffen konnte, hat ihr eine Spritze gegeben. Der Katze, meine ich, und sie dann in den Keller geschafft. Deshalb musste meine Tante Mausi erst suchen und deshalb war sie bei dem Sturm überhaupt im Garten, verstehen Sie? Das ist alles ganz genau durchdacht gewesen."

„Da haben Sie etwas Wichtiges zur Sprache gebracht." Max machte ein ernstes Gesicht. „Der Täter kommt demnach aus dem direkten Umfeld Ihrer Tante und damit auch von Barbara Droste. Das engt den Kreis beträchtlich ein. Wir müssen etwas übersehen haben. Ich muss etwas übersehen haben.“ In diesem Moment schellte es. „Sie bekommen Besuch. Ich wollte mich sowieso gerade verabschieden. Ludger, du informierst bitte deine Frau und rührst dich nicht von Bettines Seite. Ich verlasse mich auf dich.“

„In Ordnung, Chef.“

Während Max’ schmale Gestalt in einem anthrazitfarbenen Wintermantel verschwand, entledigte sich der neue Gast aus seiner orangefarbenen Daunenjacke. „Bettine, meine Liebe, ich hab dich eine Ewigkeit nicht gesehen. Und die Herren von der Polizei. Wie schön.“ Christmut lächelte strahlend in die Runde. Von der abweisenden Miene des Kriminalhauptkommissars ließ er sich überhaupt nicht beirren und hielt diesem, mit einem Anflug von Ironie auf den Lippen, die Haustür auf.

„Auf Wiedersehen, Max. Bitte rufen Sie an, wenn Sie Genaueres zu dem Brief wissen. Jederzeit.“ Bettine gab ihm die Hand. Max schien noch etwas erwidern zu wollen, wandte sich dann aber abrupt ab.

„Und wie geht es meiner Mausi jetzt?“

Bettine und Ludger hatten sich mit Tante Mechthild, die noch ein wenig wackelig auf den Beinen, aber ansonsten recht munter war, an dem kleinen Besuchertisch niedergelassen. Sie schlürften wässrigen Kakao aus dem Automaten und teilten sich den aufgehobenen Bienenstich vom Nachmittag. Es war stickig warm, und Ludger und Bettine hatten sich sofort ihrer Jacken entledigt.

Mit gerechter Empörung hatte Tante Mechthild ihrem Bericht über Mausis abscheuliches Abenteuer gelauscht. „Hast du ihr auch die Lachsleckerlis gegeben?“

„Ja, habe ich. Sonst hätte ich sie wohl kaum in den Transportkorb bekommen. Sie hat alles bestens verkraftet und freut sich, wenn du wieder zu Hause bist. Genau wie wir.“

Bettine gab ihrer Tante einen liebevollen Kuss auf die Wange.

„Frau Rose“, Ludger legte Notizbuch und Stift bereit, „wenn Sie jetzt so freundlich wären, uns den Vormittag zu schildern. Bevor Sie nachmittags niedergeschlagen wurden. Gab es da irgendwelche besonderen Vorkommnisse?“

„Nichts Besonderes eigentlich. Antoinette war zum Tee gekommen. Wir hatten uns verabredet.“

„Aha. Ein Nachbarschaftsbesuch. Und um welche Uhrzeit?“

„Warten Sie. Das war gegen elf. Wir haben uns über neue Möglichkeiten der Schneckenbekämpfung ausgetauscht. Antoinette hatte wieder mal experimentiert und meinte, ihr Gebräu sei sehr zuverlässig. Wissen Sie, die Schneckenplage nimmt wirklich überhand.“

„Da kann Lieselotte auch ein Lied von singen! Und Sie waren die ganze Zeit zusammen?“ Bettine runzelte die Stirn und sah Ludger erstaunt an.

„Natürlich! Außer in der Zeit, als ich in der Küche den Tee zubereitet habe. Das waren höchstens fünf Minuten. Länger als drei Minuten lasse ich den Darjeeling nämlich nie ziehen. Dann schmeckt er zu bitter. Bettinchen, kannst du mir bitte mein Nachtjäckchen vom Bett geben?“ Das Nachtjäckchen war ein zartes rosa Gebilde aus weicher Merinowolle, das Franzi ihrer Großtante zu Weihnachten gestrickt hatte. Franzi hatte auch solche Qualitäten.

„Ist dir etwa kalt?“, fragte Bettine besorgt. „Du hast doch kein Fieber?“

„Unsinn! Komm du erst mal in mein Alter. Da hast du auch nicht mehr so viel Hitziges in dir.“

„Hast du denn alles, was du für die paar Tage noch brauchst? Oder kann Franzi dir etwas mitbringen? Sie besucht dich heute Abend, wenn ich Chorprobe habe.“

„Sie könnte den Piccolo mitbringen, der rechts im Eisschrank steht."

„Du kannst doch nicht …"

„Und ob ich kann. Wir haben schließlich meine Genesung zu feiern. Und sie soll mir vom Nachttisch die Elizabeth-von-Arnim-Biografie mitbringen."

„Gut. Ich werd's ihr sagen."

„Ich bin ja so froh, wenn ich endlich hier herauskomme", sagte Tante Mechthild genervt. „Ihr wisst ja: Untätigkeit schwächt" – „Übung stärkt, Überlastung schadet", fiel Ludger geistesgegenwärtig ein.

„Und seid ihr in dieser unerfreulichen Angelegenheit weitergekommen? Weiß Max Bescheid?" Tante Mechthild lächelte ihre Nichte milde an.

„Äh ja, die Ermittlung läuft auf Hochtouren. Mach dir keine Sorgen." Bettine fühlte sich unbehaglich. Halbwahrheiten lagen ihr nicht, aber Ludger und sie hatten verabredet, ihrer Tante nichts von dem Brief zu erzählen. So verabschiedete sie sich recht unvermittelt mit dem Hinweis auf Vorbereitungen für die Probe.

„Und denkt an den Piccolo", rief Tante Mechthild ihnen hinterher.

„Antoinette kommt doch nicht ernsthaft als Täterin in Frage?"

Ludger startete den Dienstwagen. „Bettine, ich fürchte, wir müssen diese Möglichkeit ins Auge fassen. Sie hatte eindeutig die Gelegenheit."

„Aber das wäre – fürchterlich." Bettine war niedergeschmettert. „Warum sollte sie meine Tante – sie haben sich doch immer einigermaßen verstanden."

„Es ist erstmal nur eine Möglichkeit", versuchte der Polizeihauptmeister sie zu beschwichtigen.

Bettine sah ihn ratlos an. „Aber was machen wir denn jetzt? Heute Abend wird sie auch da sein."

„Wir müssen uns ganz normal verhalten."

„Und sie beobachten. Ich verstehe. Dann hätte sie mir auch den Brief geschrieben." Sie fühlte sich bei dieser Vorstellung ziemlich unbehaglich. Und war sehr erleichtert, Ludger an ihrer Seite zu wissen.

Während Ludger den Kartoffelauflauf, der mittags übrig geblieben war, aufwärmte und einen Feldsalat anrichtete, dem er mit Hilfe von Bettines Apfelchutney eine pikante Würze verlieh, versuchte diese sich in einem Lavendelbad ein wenig zu entspannen.

Christmut hatte sich heute Vormittag ausgesprochen merkwürdig verhalten. Als er bemerkt hatte, dass Ludger Dauergast bei Bettine war, schien seine Laune auf dem Gefrierpunkt angekommen zu sein. Bettine schmunzelte. Der Gedanke, Christmut könne auf Ludger eifersüchtig sein, erheiterte sie. Er hatte sich dann sehr schnell verabschiedet. Langsam trocknete sie sich ab. Wie tröstlich, dass Franzi später da sein würde. Sie hatte das Gefühl, dass der heutige Tag ihr fast zu viel abverlangt hatte, und das dicke Ende kam erst noch.

In der Zwischenzeit hatte Max angerufen. Die Kriminaltechniker verfügten anscheinend über gute Beziehungen und hatten prompte Ergebnisse geliefert. Das Papier mit dem Zitat stammte aus einer Goethe-Gesamtausgabe, die im Insel-Taschenbuchverlag erschienen war, und zwar als Erstauflage im Jahr 1993. Es war von einer behandschuhten rechten Hand ausgeschnitten und mit Hilfe eines herkömmlichen Klebestifts fixiert worden. Entsprechende Klebestifte hatten vermutlich viele in ihren Schreibtischschubladen. Aber vielleicht stand nicht bei allen Tecklenburgern besagte Goethe-Gesamtausgabe im Regal.

Während Ludger und Bettine sich trotz aller Widrigkeiten das Abendessen schmecken ließen, war das Thermometer gefallen. Erste Schneeflocken taumelten durch die Luft, als sie sich auf den Weg zur Kirche machten. Heute würden sie für die Christnacht proben. Alle waren dafür gewesen, wieder die Choräle aus dem Weihnachtsoratorium zu singen, im Wechsel mit der von Christmut vorgelesenen Weihnachtsgeschichte. So würden sie mit der Probenzeit gut hinkommen.

Christmut und Antoinette standen beieinander und flüsterten. Bettine nickte ihnen im Vorbeigehen freundlich zu, doch die beiden beachteten sie nicht.

Wie immer begannen sie mit den Einsingeübungen. Bettine ließ ihre Augen gelegentlich und, wie sie meinte, unauffällig zu der Verdächtigen schweifen. Einmal kreuzten sich ihre Blicke. Sie meinte ein Funkeln in den Augen der Älteren wahrzunehmen, aber das konnte auch Einbildung gewesen sein. Dennoch fühlte sie sich verständlicherweise angespannt.

‚Seid froh, dieweil'. Konnten sie überhaupt froh sein? Nach allem, was seit Barbaras Tod vorgefallen war? Sie mussten den Täter spätestens bis Weihnachten gefasst haben, so viel stand fest. Sie wollte sich ihr liebstes Fest im ganzen Kirchenjahr nicht verderben lassen. Wenn sie an Franzi und Moritz dachte, die erst verreisen wollten, wenn der Fall aufgeklärt war, hoffte sie auf eine möglichst schnelle Eingebung. Lieber heute als morgen. Und auf einmal verspürte sie einen Energieschub.

„Das hatten wir letztes Jahr langsamer." Zäh tropfte die Bemerkung in die Pause.

„Ich weiß, Antoinette. In diesem Jahr machen wir es anders."

So. Ohne weitere Erklärung. Sie war die Chefin und wollte sich auf keine Diskussion einlassen. Gelassen hielt sie dem wütenden Blick stand und wusste mit einem Mal Bescheid.

Da brodelte etwas. Sie wagte nicht, Ludger anzuschauen, und fieberte dem Probenende entgegen.

„Bettine, kommst du auf ein Glas mit?“ Nonchalant hatte Christmut sich bei ihr eingehakt.

Freundlich, aber entschieden befreite sie sich. „Ich habe keine Zeit. Franzi ist da.“

„Und dein Ritter etwa auch?“, fragte Christmut missmutig.

„Welchen meinst du?“ Mutwillig sah sie ihm in die Augen, bis er schließlich grinsen musste.

„Ach komm, wir sind immer gute Freunde gewesen. Lass es uns auch weiter so halten.“

„Das wäre mir sehr recht“, antwortete Bettine liebenswürdig und nahm ihre Tasche. „Antoinette, auf ein Wort.“ Die Altistin sah sie abwartend an.

„Ich hätte gerne deinen Rat, wie ich im nächsten Jahr die Schneckenplage rechtzeitig angehen kann. Wir müssen mit dem Schlimmsten rechnen.“ Sie schluckte ausdrucksvoll. „Ich bin es meiner Tante schuldig, ihre Pflanzen in Hochform zu halten.“

Die Schmeichelei verfing. Antoinette lächelte honigsüß. „Sicher. Ich könnte dir den einen oder anderen Tipp geben.“

Das ging ja glatter als erwartet. „Ich könnte morgen Vormittag bei dir vorbeischauen, wenn es dir passt.“

„Also dann morgen um zehn“, sagte Antoinette.

Franzi erwartete sie bereits ungeduldig. Sie hatte Dunkelbier kaltgestellt, denn sie kannte die Gewohnheiten ihrer Mutter.

Erstaunt nahm sie zur Kenntnis, dass Ludger im Hause einquartiert war, und hörte sich mit wachsender Erregung die Geschichte vom anonymen Brief an. „Ich bleibe. Bis der Schmierfink gefasst ist. Moritz kann sicher auch bleiben, wenn du möchtest, Mama. Er hätte mich sonst Samstag abgeholt. Ich finde es enorm wichtig, dass wir jetzt alle bei dir sind."

Bettine lächelte ihre Tochter gerührt an. „Können wir sie nicht einweihen?", wandte sie sich an Ludger, der es sich im Ohrensessel bequem gemacht hatte und bereits tüchtig beim Käsegebäck zulangte.

„Ich denke schon", mümmelte er. „Der Schmierfink, wie Sie ihn nennen, ist mit ziemlicher Sicherheit auch der Mörder von Barbara und der Fast-Mörder von Ihrer Großtante."

Franzi fuhr in die Höhe: „Was?"

„So ist es. Und seit heute Abend besteht sogar der Verdacht, dass er weiblich ist." Bettine leerte durstig ihr Glas und füllte es erneut.

„Und wer ist es?", fragte Franzi atemlos.

„Ich habe sie noch nie so wütend gesehen", sagte Ludger bekümmert. „Außer als Helene damals ausgebüxt war. Ich glaube, sie steht unter großem Druck."

„Von wem sprecht ihr, verdammt noch mal?"

„Aber, aber", beschwichtigte Ludger.

„Von Antoinette." Sprachlos starrte Franzi ihre Mutter an. „Es ist erstmal nur ein Verdacht. Und du stehst natürlich unter Schweigepflicht. Ich habe mich für morgen früh bei ihr eingeladen, angeblich um Schneckenvertilgungsrezepte zu bekommen. Und ich wollte dich, Franzi, mitnehmen. Du sollst ihr Bücherregal inspizieren, während ich sie ablenke. Wir suchen sechs Bände, weißer Rücken mit schwarzer Schrift: Goethe, Werke I bis VI, Insel-Taschenbuchverlag. Aus dem ersten Band stammt das Gedicht, von dem sie, wenn wir recht haben, die zwei Zeilen ausgeschnitten hat. Ludger wird nach etwa zehn Minuten dazukommen. Mit irgendeiner guten Ausrede."

„Ich hoffe nur, Max ist damit einverstanden", gab Ludger zu bedenken.

„Wir müssen ihn ja nicht unbedingt einweihen. Unser Plan ist bestens durchdacht und von daher völlig ungefährlich“, sagte Bettine zuversichtlich und nahm sich eine Käseeule.

Freitag, 11. November

Gut gefrühstückt und in Abenteuerstimmung machten sich Bettine und Franzi rechtzeitig auf den Weg zur Bergstaße 8, ein Katzensprung eigentlich, aber heute kamen sie durch den hohen Neuschnee nur mühsam vorwärts. Sie trafen Antoinette mit einem Besen auf ihrer Zufahrt an, die sie bereits zuvorkommend freigeschaufelt hatte. „Guten Morgen. Franzi hast du also auch mitgebracht." Ein taxierender Blick traf Bettine, die prompt ins Schwitzen geriet und fast ihre einleitenden Worte vergessen hätte.

„Ja, stell dir vor, sie interessiert sich seit Neuestem auch für die Botanik. Sie haben ja so einen hübschen Balkon in Münster, Franzi und Moritz meine ich."

„Wir kochen viel mit Kräutern. Ich mag besonders Basilikum. Und ich habe gesehen, was die Schnecken damit anrichten können. Da will ich beizeiten vorbeugen." Franzi strahlte Antoinette an.

Offenbar besänftigt, hielt diese ihnen die Tür auf und wies auf die Besucherpuschen. „Geht schon mal rein. Ich hol gerade noch den Tee."

„Keine Umstände, bitte. Ich faste gerade", sagte Bettine eilig. Vorsicht ist die Mutter der Porzellankiste. Auch wenn sie glaubte, dass Mörder normalerweise bei ein- und derselben Methode blieben. Jedenfalls im Kriminalroman.

„Unsinn."

Im Kamin brannte ein lustiges Feuer. Vom Sims zwinkerte ein silberner Gartenzwerg auf sie herab. Der Bechstein-Flügel befand sich wohl in einem anderen Zimmer. Franzi steuerte sofort auf ein sehr gut bestücktes Bücherregal zu, das die gesamte Längsseite des eher niedrigen Raumes einnahm. Gegenüber am Fenster standen auf einem großen runden Tisch mehrere verschlossene Gefäße mit bräunlich trüben Flüssigkeiten und akkurat beschrifteten Etiketten: Schneckenpest, Schneckenaus, Schneckweg, Schnippschneck, um nur einige zu nennen. Dahinter war jeweils ein Datum notiert. Bettine musste schmunzeln. Soviel Witz hatte sie der alten Dame gar nicht zugetraut.

„Mama!"

Bettine drehte sich um, aber da kam schon Antoinette mit drei dampfenden Bechern. Sie stellte das Tablett auf ein Tischchen beim Kamin. „Na, schauen Sie sich meine Gartenbücher an? Ich kann Ihnen gerne eins ausleihen, wenn Sie möchten."

„Danke, das ist sehr freundlich von Ihnen. Ich hab hier etwas über Kletterpflanzen gefunden. Das könnte für mich interessant sein", antwortete Franzi schlagfertig.

„Das sieht ja grauslig aus da auf dem Tisch."

Antoinette sah Bettine ausdruckslos an. „Das ist meine Wintermischung. Ich wüsste nicht, was da grauslig dran wäre."

„O, ich meine deine Schneckengifte. Die Namen wecken jedenfalls große Hoffnungen."

„Und ich gehe davon aus, dass sie halten, was sie versprechen. Besonders mit Schnippschneck habe ich sehr gute Erfahrungen gemacht." Stolz trat Antoinette an den Tisch und nahm eines der Gläser in die Hand. Sie schraubte den Deckel ab und hielt Bettine das geöffnete Glas unter die Nase.

Die zuckte zurück. „Bah! Ekelhaft."

Antoinette lachte leise. „Du sollst es ja auch nicht mögen. Aber Schnecken schätzen dieses Aroma."

„Und was ist das genau?" Sie musste Zeit schinden für Franzi.

Antoinette sah sie mitleidig an. „Das verrate ich nicht. Das ist mein Geheimrezept. Nach einer weiteren Testphase werde ich versuchen, es mir patentieren zu lassen." Ihre Augen funkelten in einem sonderbaren Licht. Bettine fühlte, wie ihr eine leichte Gänsehaut den Rücken heraufkroch, und sie fröstelte ein wenig.

„Mama, was ist los?"

„Ich fürchte, ich habe Kopfschmerzen", sie fasste sich mit einem gequälten Gesichtsausdruck an die Stirn, „ich glaube, ich muss nach Hause. Leider."

„Schade. Soll ich euch denn nun zwei Gläser Schnippschneck einpacken?"

„Ich denke, eins reicht uns erstmal. Danke. Was bekommst du dafür?"

„Ihr könnt es umsonst haben. Noch ist es nicht patentiert." Da schellte es. Geschäftig eilte Antoinette zur Tür, während Franzi vor dem Bücherregal strahlend ihren Daumen hochhielt. Ihre Mutter eilte herbei. Der Dichterfürst im Inselverlag war nicht zu übersehen.

„Bettine, was machst du denn hier?" Ludger schauspielerte hoffentlich überzeugend.

„Hallo Ludger. Wir haben ein sicheres Mittel gegen Schnecken von Antoinette bekommen. Das wäre vielleicht auch etwas für Lieselotte. Jetzt müssen wir aber los. Mir geht's nicht so gut."

Ludger sah Bettine beunruhigt an, und sie erwiderte seinen Blick mit einem leichten Blinzeln.

„Darf ich das Kletterpflanzenbuch dann ausleihen?"

„Sicher. Aber gehen Sie vorsichtig damit um, ich habe es noch aus meiner Zeit als –" Antoinette hüstelte, „als junge Frau."

„Vielen Dank. Ich werde aufpassen." Sie verabschiedeten sich und überließen Ludger seinem Schicksal.

Kaum hatten sie ihre Schätze im Keller und Regal verstaut, als auch schon ein recht aufgelöster Ludger zurückkam.

„Alles in Ordnung mit dir, Bettine? Du hast mir einen ganz hübschen Schrecken eingejagt eben!“

„Ich hatte keine Lust, ihren Tee zu trinken. Da hab ich Kopfschmerzen vorgetäuscht. Stell dir vor, Antoinette hat tatsächlich die Goetheausgabe, um die es geht. Natürlich hatte Franzi keine Gelegenheit, hineinzuschauen. Aber das Netz zieht sich zu, würde ich sagen. Komisch, ich kann mich gar nicht richtig freuen.“ Bekümmert sah Bettine die beiden anderen an.

„Mir geht es genauso“, gestand Ludger.

Franzi fuhr auf. „Was ist denn auf einmal mit euch los? Denkt ihr gar nicht mehr an Mechthild? Und an Barbara?“

„Doch, natürlich. Es ist nur so bedrückend, dass jemand, den man über Jahre als zuverlässig, hilfsbereit, liebenswürdig zu kennen glaubte, zu so hässlichen Verbrechen in der Lage sein sollte. Was muss in so einem Kopf vor sich gehen? Das kann doch nicht alles gespielt gewesen sein“, grübelte Bettine.

„Womit wir wieder beim Motiv wären“, ergänzte der Polizeihauptmeister. „Ich ruf mal eben Max an.“

„Und ich geh Kaffee kochen.“ Franzi erhob sich.

„Es geht um Gärten. Und natürlich um Zwerge.“

Ratlos sahen Franzi und Ludger Bettine an, die vor Erregung versehentlich drei statt zwei Löffel Zucker in ihren Espresso getan hatte.

„Versteht ihr denn nicht? Barbara, Antoinette und meine Tante haben als leidenschaftliche Gärtnerinnen dem ‚Tag der offenen Gartenpforte‘ Jahr für Jahr entgegengefiebert. Darauf haben sie hingearbeitet, davon handelten ihre Gespräche, was ich jedenfalls so nachbarschaftlich mitbekommen habe. Und immer hat Barbara den ersten Preis abgesahnt. Das ist doch frustrierend. Neid ist ein sehr gutes Motiv. Das hatte ich ja bereits früher vermutet, wenn du dich erinnerst, Ludger. Allerdings unter falschen Voraussetzungen. Und Neid und Missgunst können leicht in Hass umschlagen, wenn sie über Jahre anwachsen. Irgendwann ist das Maß voll, und die Grenze wird überschritten."

„Du könntest recht haben, Bettine", versetzte Ludger sorgenvoll. „Das ‚Warum' passt. Aber wie willst du das ‚Wie' einbauen? Das ist mir schleierhaft."

„Wie wär's mit einem Helfershelfer? Antoinette heckt den Plan aus, hält die Leiter und jemand anders erledigt den Rest", schlug Franzi hilfreich vor.

„Möglich."

„Ich finde nicht, dass das zu Antoinette passt. Sie ist sehr ehrgeizig. Sie hat nicht nur den riesigen Garten zu versorgen, sondern legt sich auch noch eine Gänseschar zu. Sie schlachtet selber. Und beschäftigt keine Hilfe mit ihren 78 Jahren. Dann hilft sie noch bei wichtigen Gottesdiensten mit ihrem Orgelspiel aus. Nein. Wenn der Mordplan von ihr stammt, will sie die Lorbeeren mit Sicherheit auch für sich einheimsen und nicht teilen."

Ludger sah Bettine bewundernd an: „Das hört sich alles vollkommen logisch an."

„Und sie ist eine Geheimniskrämerin. Keiner ahnte zum Beispiel, dass sie ein Patent einreichen will. Das ist auch wieder so ein Punkt: Sie braucht Anerkennung auf höchstem Niveau. Die Bewunderung von Leuten wie uns reicht nicht aus. Der Rotbunte und der Silberne Gartenzwerg reichen nicht aus."

„Da muss aber etwas in ihrer Kindheit total schiefgelaufen sein", sagte Franzi bissig.

„Vielleicht gibt es etwas Wichtiges in Antoinettes Vergangenheit, das wir nicht kennen. Weil sie es eben nie erwähnt hat", meinte ihre Mutter.

„Das wäre ein Ansatzpunkt. Sicher kann Max da später was zu sagen. Ich habe ihn über den Goethe-Fund informiert. Er will so rasch wie möglich kommen."

Sie hatten eben die köstlichen Pommes und Bratwürste vom Bioimbiss aufgefuttert, und zwar mit bestem Appetit, und erneut Kaffeewasser aufgesetzt, als Max erschien. Franzi hatte es für angebracht gehalten, in ihrem Zimmer zu verschwinden.

Mit ernstem Gesicht entnahm der Kriminalhauptkommissar seiner rehbraunen Ledermappe einen DIN-A4-Umschlag und legte ihn vor sich auf den Tisch.

„Ich weiß nicht", er sah Bettine durchdringend an, die seinen Blick abwartend erwiderte, „auf welche Art und Weise Sie sich Zugang zu Frau Schmidts Bücherregal verschafft haben. Und ich will es auch lieber nicht wissen." Er schwieg einen Moment.

„Ich möchte Ihnen jedenfalls danken. So sind wir in unseren Ermittlungen einen großen Schritt weiter gekommen. Wir wollen aber unsere Verdächtige nicht vor der Zeit beunruhigen. Daher habe ich noch niemanden von der Kriminaltechnik bei ihr vorbeigeschickt. Ein Kollege hat allerdings etwas Interessantes herausgefunden, was uns weiterbringen wird. Dazu gleich. Gibt es von hier noch Neues zu berichten?" Fragend sah er die beiden an. Ludger ergriff das Wort und fasste auf beredte Weise Bettines umsichtige Überlegungen und logische Betrachtungen zusammen. Max hörte mit wachsendem Interesse zu. Er räusperte sich. „Ich bin beeindruckt von Ihrem Einfühlungsvermögen und Ihrer Menschenkenntnis. Sie haben eine bemerkenswerte Schlussfolgerung gezogen."

Bettine wurde rot. „Ich – ", sie verstummte.

„Und Sie hatten die richtige Intuition." Max entnahm dem Umschlag ein bedrucktes Blatt. „Es gibt etwas in Antoinette Schmidts Lebenslauf, das uns bis dato unbekannt war. Es betrifft ihre berufliche Laufbahn."

„Sie war Gärtnerin, hat meine Tante mal erwähnt", meinte Bettine forciert locker.

„Das ist richtig. Sie hat ihre Lehre bei einem Gartenbaubetrieb in Norddeutschland gemacht. Die Firma gibt es noch, und ich habe heute mit dem Sohn des vorherigen Inhabers telefoniert. Frau Schmidt wurde damals übernommen, hat dann einen Meisterkurs besucht und in kürzester Zeit ihren Meistertitel erworben. Sie war ausgesprochen ehrgeizig, sportlich und durchtrainiert. Später hat sie außerdem die Zusatzausbildung zum Baumpfleger und die Spezialausbildung zum Baumkletterer gemacht und jede Menge Einsätze gehabt. 1995 ging sie in Rente und erwarb Haus und Garten in Tecklenburg."

Bettine sah Max mit weit aufgerissenen Augen an. Es hatte ihr die Sprache verschlagen. Auch Ludger war fassungslos. Sie riefen sich unwillkürlich die zierliche Figur mit den kleinen zarten Händen und großen blauen Augen in Erinnerung und konnten es einfach nicht glauben. Antoinette mit einer Säge in den höchsten Wipfeln.

„Sie muss die Täterin sein. Aber wie kann sie den Mord mit ihrem Glauben vereinbaren? Sie ist doch immerhin eine engagierte Christin."

„Das fünfte Gebot meinen Sie? Das ist eine interessante Frage. Vielleicht werden wir darauf nie eine Antwort bekommen."

„Sie muss kreuzunglücklich sein", sagte Bettine nachdenklich.

„Da mögen Sie Recht haben."

„Aber Chef, das gibt auch wieder nur einen Indizienprozess. Wenn sie einen cleveren Verteidiger hat, kann sie noch ungeschoren davonkommen", prophezeite der Polizeihauptmeister düster und untersagte sich jegliches Mitleid mit der zukünftigen Angeklagten, deren Kochkünste so manchen Gast becirct hatten. Max bekritzelte schweigend den braunen Umschlag, und Bettine schenkte gedankenverloren Kaffee nach.

„Ich hab's." Sie setzte die Kanne so unsanft ab, dass ein Teil des anregenden Getränks aus der Tülle schwappte. „Wir müssen ihr eine Falle stellen." Sie erntete lediglich skeptische Blicke. „Und ich weiß auch, wie. Es ist doch eine bekannte Tatsache, dass der intelligente, erfolgreiche Mörder stolz auf sich ist. Er zieht große Befriedigung daraus, schlauer als die Polizei gewesen zu sein und einen perfekten Mord inszeniert zu haben. Wir müssen Antoinette bei dieser Eitelkeit packen."

„Wie stellst du dir das denn vor?", fragte Ludger gedehnt. Aber Max bedeutete ihm mit einer Handbewegung, Bettine nicht zu unterbrechen.

„Mit einer Zeitungsente", rief diese triumphierend. „Wir veröffentlichen auf der Titelseite, dass Barbaras Mörder gefasst wurde und ein Geständnis abgelegt hat. Damit locken wir sie aus der Reserve. Ich wette, das lässt sie sich nicht bieten."

Max hatte sich erhoben und wanderte mit großen Schritten im Zimmer auf und ab. „Wir müssten sehr vorsichtig sein. Wir können nicht vorhersehen, wie sie reagieren wird. Sie könnte völlig den Kopf verlieren und einen weiteren Mordversuch unternehmen." Er blieb vor Bettine stehen und sah sie gedankenvoll an. „Und ich möchte Sie dieser Gefahr nicht aussetzen."

Bettine sah rasch auf und begegnete unerschrocken seinem Blick. „Ich rechne, ehrlich gesagt, eher damit, dass Antoinette zusammenbricht. Wenn sie mich wirklich hätte ermorden wollen, hätte sie mir nicht den Brief geschickt. Das passt nicht zusammen. Jetzt bin ich gewarnt und auf der Hut. Vermutlich hält sie mich für so intelligent, dass ich mir eins und eins zusammenzähle und auf die Teilnahme am Wettbewerb im kommenden Jahr verzichte. Denn darum geht es ihr."

Max atmete tief durch. „Das klingt einleuchtend. Sie sollten ihr so schnell wie möglich mitteilen, dass Sie auf diesen Wettbewerb tatsächlich verzichten werden. Auf Ihre geschickte Art. Und dann werden wir weitersehen."

„Und wen hast du dir als fiktiven Täter vorgestellt?"

„Na, Christmut natürlich. Die Kriminalpolizei hat herausgefunden, dass sein Alibi, also seine Anwesenheit in der Schule, falsch war. Über ein Motiv muss zu dem Zeitpunkt noch nichts in der Zeitung stehen. Oder wir denken uns etwas aus."

Ludger sah sie zweifelnd an. „Und wie willst du das Christmut schmackhaft machen?"

Bettine errötete. „Och, mir wird schon was einfallen."

„Da bin ich mir sicher", sagte Max trocken. „Ich meine", fuhr er freundlicher fort, „Ihnen wird schon das Passende einfallen. Oder es ergibt sich gesprächsweise in Ludgers Büro. Als Ehemann ist Herr Droste selbstverständlich die richtige Wahl."

„Und Antoinette war ihm immer sehr zugetan. Und hat sich liebevoll um ihn gekümmert, gerade auch in der schweren Zeit nach Barbaras Tod." Bettine runzelte die Stirn. „Schon makaber, wenn man bedenkt, was wir jetzt wissen. Aber ich glaube, sie mag ihn wirklich. Und will ihn sicher nicht fälschlich auf der Anklagebank sitzen sehen. Ein weiterer Grund dafür, dass Christmut die richtige Wahl ist." Sie hob herausfordernd ihr Kinn.

„Ich fasse zusammen, dass Sie, Bettine, ad eins Frau Schmidt wissen lassen, dass der Gartenwettbewerb für Sie nicht infrage kommen wird. Bitte lassen Sie mich ihre Reaktion darauf wissen. Ad zwei schicken Sie mir bitte sobald wie möglich eine erste Version des Artikels, die ich dann entsprechend überarbeiten werde. Ich danke Ihnen schon einmal sehr herzlich für Ihr Engagement."

Max wandte sich nach einem nachdenklichen Blick auf seine Nachbarin zur Linken an Ludger. „Du bleibst natürlich hier. Und lässt sie nicht aus den Augen. Ich hoffe, ich habe mich unmissverständlich ausgedrückt", sagte er barsch.

„Geht klar, Chef", stotterte Ludger und hätte sich fast an seinem Pfefferminzdrops verschluckt.

Es war Abend geworden. Ein Winterabend, wie er wunderbarer nicht hätte sein können. Bettine, Franzi und Ludger hatten es sich mit aromatischem Glühwein und den allerletzten Resten vom Käsegebäck in der Sofaecke vor dem Fernseher gemütlich gemacht. Feierabend, gewissermaßen. Bettine war zuvor noch fleißig gewesen. Nach einem durch und durch zufrieden stellenden Telefonat mit Antoinette hatte sie auch Max beruhigen können. Die Erstversion des Artikels war eine schwierigere Geburt gewesen. Sie hatte sich einen Aufmacher für die Titelseite überlegt und dann einige Sätze formuliert. Es hatte direkt Spaß gemacht.

Samstag, 12. November

Sie hatten sich in Ludgers Büro verabredet. Der Hausherr erkundigte sich zuvorkommend nach den Kaffeewünschen seiner Besucher, die sich an dem kleinen runden Tisch zusammendrängten. Christmut unterhielt sich halblaut mit Bettine, Max las angelegentlich in seinen Unterlagen.

Schließlich sah er auf. „Herr Droste, wir möchten Sie ins Vertrauen ziehen."

Christmut hob fragend eine Augenbraue, eine gut einstudierte Kunstfertigkeit, die es ihm erlaubte, bei Bedarf gelassen und überlegen zu wirken und seinen Gesprächspartner je nachdem zu verunsichern oder sogar zu verärgern.

Max jedoch war die Gleichmütigkeit in Person. „Leider müssen wir Sie an eine für Sie sehr schmerzliche Zeit erinnern. Es geht erneut um den Tod Ihrer Frau im Oktober vor gut einem Jahr. Damals hatten wir die Akte als geschlossen betrachtet. Durch den Mordversuch an Frau Rose, der nicht von der Hand zu weisende Parallelen aufweist, und einen weiteren Vorfall, der hier nicht zur Debatte steht, sahen wir uns genötigt, den Fall noch einmal aufzurollen. Zu meinem Bedauern muss ich Ihnen mitteilen, dass Ihre Frau keines natürlichen Todes gestorben ist." Max hielt kurz inne. „Sie ist ermordet worden. Es tut mir sehr leid."

Er sah Christmut an, der totenblass geworden und jeglicher Allüren bar war. „Wir glauben die Person zu kennen. Ihre Identität spielt für Sie momentan noch keine Rolle. Wir glauben auch, ihr Motiv zu kennen. Alles passt zusammen. Allerdings haben wir nur Indizien. Und hätten gern ein Geständnis."

„Wie – wie ist es denn passiert?", fragte Christmut mit einer heiseren Stimme, die Bettine noch nie an ihm vernommen hatte. Sie verspürte heftiges Mitleid und legte spontan den Arm um seine Schulter.

Ludger räusperte sich. „Der Täter muss klammheimlich im Vorfeld des angekündigten Orkantiefs Clarissa in Frau Roses Garten in den Ahorn gestiegen sein, dessen einer Ast über den Zaun in euren Garten ragte. Er hat ihn nahezu durchgesägt. Nach seinen Berechnungen musste der Ast dann von einer entsprechend starken Sturmböe abgerissen und in die Tiefe geschleudert werden. Da Barbara bei Wind und Wetter in ihrem Garten anzutreffen war, konnte dieser infame Plan mit etwas Glück aufgehen. Und er ist aufgegangen." Der Polizeihauptmeister seufzte abgrundtief.

„Wer soll das denn gewesen sein?", fragte Christmut ungläubig.

„Ein absoluter Profi. Es gibt in unserer Gemeinde jemanden mit einer Baumklettterervergangenheit." Christmut sah Ludger nur verwirrt an.

„Wir haben nun das Glück", ergriff Max wieder das Wort, „mit Frau Brandt eine sehr genaue Beobachterin und fantasievolle Co-Ermittlerin an unserer Seite zu haben. Ihre detailreiche Kenntnis eines Teils der hiesigen Bevölkerung ist zudem beachtlich."

Er bedachte Bettine mit einem anerkennenden Blick, der sie mit ganz unsinnigem Stolz erfüllte. „Sie schlug vor, den Täter durch eine in die Zeitung gesetzte fingierte Festnahme aus der Reserve zu locken und zum Handeln zu zwingen."

Christmut sprang abrupt auf, lief in dem kleinen Raum hektisch hin und her. Schließlich blieb er schwer atmend vor Bettine stehen. „Ich mach's. Ich gebe meinen guten Namen für die Überführung des Mörders. Das bin ich Barbara schuldig." Er sackte auf seinem Stuhl zusammen und schlug die Hände vors Gesicht.

„Christmut, mein Lieber – wenn dir das zu viel wird, finden wir jemand anderen.“

Er sah auf. „Nein. Ich bin froh, etwas tun zu können. Außerdem ist es überzeugender, wenn der Ehemann den Mord begangen hat. So ist es doch.“ Er brachte ein schiefes Lächeln zustande und schüttete hastig den mittlerweile ziemlich lauwarmen Kaffee hinunter.

„Wir wissen Ihren Einsatz zu schätzen, Herr Droste. Der Artikel wird am kommenden Montag in der Tageszeitung erscheinen. Bitte verlassen Sie dann bis auf weiteres nicht Ihr Haus. Es sei denn, Sie hören etwas anderes von uns. Ich werde zu Ihrer Sicherheit einen Kollegen schicken. Telefonanrufe sollten Sie annehmen, aber bitte so, dass der Kollege mithören kann. Wir bleiben in Kontakt.“ Max reichte Christmut abschließend die Hand.

„Wenn dir heute die Decke auf den Kopf fällt, komm doch bei uns vorbei, Christmut. Ich koche heute Abend chinesisch. Ich will Moritz beweisen, dass ich fünfzehn verschiedene Zutaten auf den Tisch bringen kann. Danach wollen wir Monopoly spielen.“ Bettine errötete ein wenig, als sie auch Max in ihre Einladung mit einbezog. Der jedoch lehnte bedauernd, aber bestimmt ab.

Montag, 14. November, 6.00 Uhr

Ein klarer stiller Morgen in Blau und Weiß. Es hatte aufgehört zu schneien. Sie war wie jeden Morgen um sechs Uhr aufgestanden, um als Erstes die Zeitung reinzuholen. Sie überflog die Titelseite und zuckte zusammen.

„Astmörder gefasst. Christmut D. gesteht Mord an seiner Frau."

Einen Moment stand sie ganz still. Dann ging sie wie in Trance in die Küche und ließ sich auf einen Stuhl fallen. Die Brille lag noch vom Vorabend da. Sie blätterte hastig, bis sie zum Tecklenburger Teil kam.

„Am Wochenende erlebte die hiesige Polizei eine Überraschung. Christmut D., Tecklenburger Bürger und Lehrer an einem Münsteraner Gymnasium, zeigte sich selber an, indem er sich des Mordes an seiner Ehefrau im Oktober letzten Jahres bezichtigte. Sein Alibi sei fingiert gewesen. D. sagte, er könne mit dieser Schuld nicht mehr leben und erwarte seine gerechte Strafe. Weitere Informationen stellte die Polizei vorerst nicht zur Verfügung. Man darf gespannt sein."

Mechanisch goss sie den täglichen Becher der Gänseliesel-Mischung auf, ein Tee, der sein frisches und vielfältiges Aroma aus eigenhändig gesammelten und getrockneten Wiesenkräutern bezog. Doch ihre Hände zitterten so sehr, dass sie einen Teil verschüttete. Mit einem ärgerlichen Ausruf rief sie sich zur Ordnung. Dann saß sie bewegungslos da und dachte nach.

Montag, 14. November, ab 9.00 Uhr

Bettine und Ludger saßen unausgeschlafen und schweigsam beim Frühstück, als sich Ludgers Handy meldete.

„Polizeihauptmeister Lind am Apparat. Was kann ich für Sie tun? ... Antoinette! ... Ja, ich höre." Er straffte sich und warf Bettine einen bedeutsamen Blick zu. „Ja, in Ordnung. In einer halben Stunde also. – Äh, Antoinette, ich bringe Bettine mit. Sie hat einen Drohbrief erhalten und steht unter meinem persönlichen Schutz. ... Nein, wissen wir noch nicht. Bis gleich."

Bettine hatte zappelig und aufgeregt ihr Croissant zerlegt. „Was hat sie gesagt?"

„Sie will sich mit mir in der Kirche treffen und mir dort etwas erzählen", erwiderte Ludger düster.

„Und wie klang sie?"

„Genau wie immer. Ich kann's einfach nicht glauben. Unsere Netti eine Mörderin."

Bettine dachte nach. „Asylrecht, na klar. Ich glaube nicht, dass ihr sie in der Kirche verhaften könnt, oder?" In ihrer Stimme schwang eine unbestimmte Hoffnung mit.

„Du denkst an das Kirchenasyl? Ich weiß nicht, ob sich das auch auf Verbrecher bezieht. Ich informiere jetzt Max. Du kannst ihn ja mal fragen."

Max war bereits unterwegs und nahm den Anruf kurz vor Tecklenburg entgegen. Zwanzig Minuten später machten sie sich zu dritt auf den Weg in die evangelische Stadtkirche. Ein wenig nervös erkundigte Bettine sich nach möglichen Kirchenasylansprüchen von Personen, die straffällig geworden waren.

„Nein, nein, die Zeiten sind vorbei. Die antiken Vorstellungen der Unantastbarkeit in heiligen Räumen hat ihre

Gültigkeit verloren. Verbrecher jedenfalls können kein Beistandsrecht mehr für sich in Anspruch nehmen. Wir leben ja in einem Rechtsstaat. Das Kirchenasyl gilt ausschließlich für zu Unrecht Verfolgte.“

„Aber sicher wollen Sie Antoinette doch nicht direkt in der Kirche verhaften?“

Max sah in ihre entsetzten Augen. „Wenn es sich irgendwie vermeiden lässt, sicher nicht.“ Es wäre eine Entweihung. Und es wäre ein Verbrechen, Bettine das anzutun.

Schon auf dem Vorplatz hörten sie die Orgel. Antoinette empfing sie mit der bekannten Toccata von Léon Boëllmann. Die aufrührend leidenschaftliche Musik sprengte fast den sonnendurchfluteten Kirchenraum und ließ Mord und Totschlag plötzlich möglich erscheinen. Die drei Jäger ließen sich in der ersten Bank nieder. Sie hatten Zeit. Ihr Opfer war gestellt und konnte nicht entkommen. Max entschuldigte sich halblaut und nahm eine SMS an. Bettine sah heimlich auf ihre Uhr. Sie hatte eigenmächtig gehandelt und erwartete demnächst außerplanmäßigen Beistand.

Der letzte Akkord verklang, und sie trafen mit Antoinette am Fuß der Treppe zusammen, dort, wo Max mit ihr nach dem Trauergottesdienst über französische Komponisten gefachsimpelt hatte. Damals hatte sie den Franzosen für Barbara wie heute für sich gespielt.

„Ich möchte gleich zur Sache kommen“, sagte Antoinette geschäftig und musterte Max, mit dessen Anwesenheit sie nicht gerechnet hatte, abwartend. „Es ist völlig ausgeschlossen, dass Christmut seine Frau umgebracht hat.“

„Ja?“ Max sah sie ausdruckslos an. „Ich denke …“

Sie unterbrach ihn abrupt. „Was Sie denken, ist irrelevant. Sie kennen ihn überhaupt nicht. Ich kenne ihn dagegen seit Jahren und ich weiß, dass er zu so einer ausgeklügelten Tat überhaupt nicht in der Lage wäre. Er ist ein lieber Junge“, sie schluckte, „etwas gedankenlos vielleicht und natürlich in sich selbst verliebt. Aber er hat kein Motiv."

„Aber Sie haben ein Motiv."

Sie zuckte zusammen und sah irritiert aus. „Was reden Sie da?"

„Sie haben Frau Brandt vor vier Tagen einen Brief mit einem Goethe-Zitat zukommen lassen. Was haben Sie dazu zu sagen?" Max' Stimme klang stahlhart.

„Das ist eine Verleumdung. Das muss ich mir nicht bieten lassen." Hochmütig machte sie eine Bewegung, als wollte sie die Kirche verlassen, wurde jedoch von Ludger sachte am Arm festgehalten.

„Ich fürchte, es hat keinen Zweck, Netti."

„Meine Kollegen haben sich in der Zwischenzeit in Ihrem Haus umgesehen. Hier ist der Durchsuchungsbefehl." Max beobachtete Antoinette. Ihr Blick wurde eine Spur unsicher.

„Sicher haben sie nichts Belastendes gefunden. Ich bin vollkommen unschuldig." Sie stand stocksteif da. Bettine entfuhr ein Seufzer, dessen Ursprung ihr selber nicht ganz klar war.

„Sie besitzen eine sechsbändige Goethe-Ausgabe aus dem Insel-Taschenbuchverlag von 1993. Im ersten Band auf Seite 64 steht das Gedicht ‚Ein gleiches'. Die letzten beiden Zeilen sind herausgeschnitten. Sie lauten: ‚Warte nur, balde ruhest du auch'. Die legten Sie Frau Brandt als Warnung in den Briefkasten."

Die Wirkung seiner Worte war beängstigend. Antoinette fuhr urplötzlich zu Bettine herum, packte ihre Schultern mit festem Griff und schüttelte sie wie wahnsinnig. „Das warst du mit deiner unverschämten Tochter, stimmt's? Darum wart ihr da, zum Rumschnüffeln. Und ich bin drauf reingefallen. Ich hasse dich!" Die für gewöhnlich volle runde Altstimme war in einen hässlichen Diskant umgeschlagen.

Max schnellte vor und löste mit Geschick Antoinettes Finger von Bettines Schultern. Diese stand wie erstarrt und sah ihre Angreiferin fassungslos an. Dann drehte sie sich sehr langsam um und ließ sich auf die nächste Bank sinken. Max bedeutete Ludger mit einem kurzen Nicken, sich zu ihr zu setzen.

„Frau Schmidt, meine Leute haben in Ihrem Werkzeugschuppen eine komplette Baumklettererausrüstung gefunden. Und eine Baumsäge mit Akku-Betrieb. Außerdem habe ich mit der Firma telefoniert, bei der Sie früher angestellt waren. Die Beweise gegen Sie sind erdrückend."

Antoinette stand hoch aufgerichtet und regungslos. „Das habt ihr euch so gedacht. Aber nicht mit mir! ‚Und unter dem Schatten deiner Flügel habe ich Zuflucht, bis dass das Unglück vorübergehe.' Psalm 57. Hier in unserer Kirche habe ich Asylrecht." Ihrer Stimme war ein winziges triumphierendes Beben anzumerken.

Max war wider Willen beeindruckt, blieb jedoch gelassen. „Wenn Sie schuldfrei wären, vermutlich ja. Aber ich befinde Sie für schuldig an dem Mord an Barbara Droste, des Weiteren an dem Mordversuch an Mechthild Rose und an dem anonymen Brief mit Morddrohung an Bettine Brandt." Er hoffte, sie endlich aus der Reserve zu locken.

Und hatte Erfolg. Ihre Augen flackerten. Unter der dreifachen Beschuldigung brach sie ganz unvermittelt zusammen.

„Ich wollte Barbara gar nicht töten. Das war ein Versehen. Ich wollte sie vorübergehend lahmlegen. Dann wäre ihr Garten vernachlässigt worden. Übrigens wusste Barbara, dass ich früher als Baumkletterin gearbeitet habe. Es hatte sie kein bisschen beeindruckt. Überhaupt bin nicht ich der Mörder, sondern das Orkantief. Clarissa hat vollendet, was ich vorbereitet hatte. Das habe ich mir alles genau überlegt.

Mein Plan war genial. Den Ast habe ich später einfach im Kamin verbrannt. Mir können Sie nur Beihilfe zum Mord unterschieben. Die gleichen Vorbereitungen hatte ich schon mal im Frühjahr getroffen. Aber da hatte ich kein Glück gehabt. Und natürlich habe ich immer mehrere Äste vorbereitet. Ich konnte nicht alles dem Zufall überlassen."

Ein grimmiger Blick traf Max. „Mein ganzes Leben lang bin ich ungerecht behandelt worden. Und keiner von der dämlichen Jury hat erkannt, dass ich die beste und professionellste Gärtnerin von allen bin. Immer hat Barbara den Goldenen Gartenzwerg gewonnen. Und als sie endlich nicht mehr da war, hat Mechthild dazwischengepfuscht, mit ihrem sterbenslangweiligen Waldgarten. Sie hat es sich selber zuzuschreiben. Und jetzt will auch Bettine noch mitmischen. Ja, guck du nur. Denkst du, ich habe deinen plötzlichen Rückzug nicht durchschaut? Aber du willst ja immer alles haben. Erst hast du meinen Christmut becirct, ohne Rücksicht darauf, dass er verheiratet war, und jetzt auch noch den da um deinen Finger gewickelt. Ich bin doch nicht blind. Mir könnt ihr nichts vormachen." Mit ihren wild fuchtelnden Armen und fiebrig glänzenden Augen sah sie direkt Furcht einflößend aus. Max war bleich geworden, und Bettine hielt sich die Ohren zu.

In das plötzliche Schweigen hinein knarrte unüberhörbar die Kirchentür.

„Antoinette, meine Liebe, was machst du denn für Sachen?" Max drehte sich mit einem ärgerlichen Ausruf nach dem Störenfried um. Doch Christmut blieb gelassen. „Ich wollte dich einladen, mit mir einen Kaffee zu trinken. Kommst du mit?" Freundlich streckte er ihr eine Hand entgegen. Und der alte Zauber wirkte noch immer. Antoinette sah ihn einen Moment lang an. Dann glitt ein Mitleid erregendes Lächeln über ihre verzerrten Züge.

„Christmut, kommst du mich abholen? Das ist lieb von dir. Gehen wir zu dir nach Hause?“

„Ja, wir gehen zu mir nach Hause.“

Bettine fühlte sich innerlich vollkommen leer. Ausgebrannt. Gerechtigkeit konnte also durchaus gnadenlos sein. Den Täter zu suchen war ein Spiel, eine aufregende sportliche Herausforderung gewesen. Die Täterin zu finden, zu stellen und zu überführen jedoch grausiger Ernst.

Sie hatte Max nicht mehr gesehen nach der Verhaftung vor der Kirche. Und auch um Christmut, der sie nicht im Stich gelassen hatte, hatte sie sich nicht weiter kümmern können. Das musste bis morgen warten. Jetzt hatte sie es sich erst einmal auf dem Sofa bequem gemacht. Ludger hatte sie ohne viele Worte nach Hause gebracht und sich rührend um ihr Wohlbefinden gekümmert. Eine flauschige Decke hüllte sie komfortabel ein, und er hatte sogar das Körnerkissen für den verspannten Nacken gefunden. Oliven, Brot und Käse standen bereit und süßer, starker Ostfriesentee dampfte in blauen Bechern. Ludger leistete ihr schweigend Gesellschaft.

Franzi und Moritz waren beim Kofferpacken. Morgen Nachmittag würden sie in die Ferien fahren. Und vorher noch Tante Mechthild abholen.

„Bettine, es wird Zeit für mich. Lieselotte hat Pizza gemacht.“

„Mit Gemüse?“

„Mit Gemüse.“ Ludger konnte ein Grinsen nicht unterdrücken.

„Siehste. Geht doch auch.“ Bettine lächelte ihn an. „Ich bin jedenfalls heilfroh, dass dieses unerfreuliche Kapitel zu Ende ist.“

„Ich auch. Das kannst du mir glauben.“ Ludger drückte ihr kräftig die Hand.

„Du warst großartig! Und nun erhol dich gut. Bis demnächst.“

Bettine beschloss, dass ein wenig Ablenkung ihr gut tun würde. Sie nahm sich ihr aktuelles Lieblingsbuch und sehnte sich kurze Zeit später mit Jane nach Mr. Rochesters Umarmung, die bei Charlotte Brontë dann auch nicht ungebührlich lange auf sich warten ließ.

Samstag, 24. Dezember

‚Jauchzet, frohlocket, auf preiset die Tage.'

Zwar schepperte die Kassette schon ein wenig, aber es war immer noch Bettines liebste Aufnahme des Weihnachtsoratoriums. Harry Geraerts als Evangelist zeichnete sich durch sein besonderes Timbre aus. Sie sang mit Inbrunst, während sie den Lebkuchenteig kräftig durchknetete. Gegen Abend erwartete sie Gäste. Sie würden zu fünft sein, denn zu Franzi und Tante Mechthild hatten sich Max und Moritz dazugesellt. Diesmal hatte Bettine eine namenlose Gans aus dem Biosupermarkt vorbereitet und deren Inneres auf pommersche Art mit Pflaumen, Äpfeln und geriebenem Schwarzbrot gefüllt.

Ihre Gedanken schweiften kurz zu den scheußlichen Ereignissen im November zurück. Max hatte erzählt, dass Pfarrer Paul unmittelbar nach Antoinettes Verhaftung seelsorgerlichen Beistand geleistet hatte. Später betreute sie der Gefängnispsychologe. Es ging ihr nicht gut. Bettine wollte sie besuchen, war aber leider unerwünscht.

Sie hatte ein recht emotionales Gespräch mit Christmut geführt. Aufgewühlt hatte er ihr mitgeteilt, dass er den belastenden Tecklenburger Erinnerungen zu entfliehen gedächte und sich eine Wohnung in Münster suche. Auf ihren wohlwollenden Hinweis auf seine tragende Rolle im Kirchenchor hatte er unwirsch geantwortet, bei ihr habe es sich für ihn ausgesungen.

So traf sich zur Probe am 17. November ein zusammengeschmolzenes Häuflein mit mickrigem Klang. Doch so schnell gab Bettine sich nicht geschlagen. Wofür hatte man schließlich Verwandtschaft? Franzi und Moritz besuchten sie häufiger im Advent und verstärkten mit ihren jungen und kräftigen Stimmen Alt und Tenor. Ein unerwarteter Glücksfall war Max. Er erwies sich zu Bettines Überraschung als passionierter Orgelspieler, der auf seine zurückhaltende Art weihnachtliche Unterstützung anbot.

‚Lasset uns nun gehen gen Bethlehem.' So. Die letzten Plätzchen waren im Ofen. Bettine strich sich erhitzt das Haar aus dem Gesicht, nahm die Schürze ab und wusch sich die Hände. Der Baum stand geschmückt, der Tisch festlich gedeckt. Auch die Krippe fehlte nicht. Dem erwünschten und seit Kindheitstagen bekannten Ritual war Genüge getan.

Etwa sechs Stunden später machte sich eine kleine Gruppe mit durchaus zufriedener Miene nach der abschließenden Tasse Kaffee und einem Gläschen Eierlikör (von Antoinette, der Armen) zum Kirchgang zurecht.

Auf Max' freundliches Angebot, für Tante Mechthild seinen Wagen startklar zu machen, reagierte sie couragiert, wie es ihre Art war. „Wissen Sie, Max, der beste Weg ist immer noch der Fußweg. Und die kalte Luft macht uns den Kopf frei für Weihnachten."

Die Kirche war wie alle Jahre wieder weihnachtlich gefüllt. Die Frauenhilfe hatte im Beisein ihres Hirten mit vereinten Kräften die von BaumBerger gelieferte und aufgestellte Tanne geschmückt, und die Katechumenen hatten am vierten Adventssonntag in Eigenregie die Krippe aufgebaut. Die Goldsterne drehten sich leise und funkelten gewissermaßen überirdisch im Schimmer der echten Kerzen. Adventskranz und Kronleuchter hatten ebenfalls ihre Lichter aufgesteckt. Und all der Glanz spiegelte sich in unzähligen Augen wieder.

„Es begab sich aber zu der Zeit ..."

Von allen möglichen Stücken hatte Max zum Ausgang ausgerechnet das herrliche Noël Suisse von Louis-Claude Daquin gewählt. Bettine saß ganz still bei ihrem Chor im Altarraum und ließ sich verzaubern. Sie hatte ihn als ernsthaft, eher kühl und beherrscht kennen gelernt und konnte sich jetzt nur wundern, woher er diese Leichtigkeit, diese fröhliche Beschwingtheit nahm.

Max hatte gewartet, bis die Festtagsgemeinde sich zerstreut hatte. Nun näherte er sich Bettine. „Wäre es vermessen, zu fragen, ob es nicht an der Zeit wäre, zum Du überzugehen?“ Er sah sie forschend an.

„Max.“ Bettine stockte und errötete. Vor Freude. Dann reichte sie ihm mit leuchtenden Augen ihre Hand.

„Es ist an der Zeit.“

Appetitliches aus Tante Mechthilds und Bettines Küche

Bratapfel – ein Familienrezept

- Rosinen am Vorabend in Rum einweichen.
- Ein Stück Alufolie bereitlegen.
- Den Apfel (Boskop oder Goldparmäne) mit einem Apfelstecher großzügig ausstechen und mit einer Gabel rundherum löchern.
- Die untere Öffnung mit Butter verschließen und den Apfel mit Butter bestreichen.
- Nun die Rosinen, gehackten Mandeln und Walnüsse einfüllen.
- Die obere Öffnung ebenfalls mit Butter verschließen.
- Nach Geschmack mit Zucker oder Zimtzucker großzügig bestreuen, den Apfel auf die Folie setzen und diese verschließen.
- Im Backofen je nach Größe den Apfel bei etwa 200 Grad bis zu 45 Minuten braten.
- Dazu reichen wir Vanillesoße – nicht zu knapp bemessen!

Käsegebäck auf Susans Art

- Alter Gouda, Butter (Margarine) und Weizenmehl zu gleichen Teilen.
- Der Gouda sollte frisch gerieben sein.
- Die Zutaten miteinander verkneten, ist der Teig zu weich, etwas mehr Mehl nehmen.
- Nun den Teig etwa 0,5 cm dick ausrollen und ausstechen – die Vielfalt wirkt besonders betörend.
- Das Gebäck mit flüssiger Sahne (Dosenmilch) bestreichen und mit Sesam, Kümmel, Mohn, Sonnenblumenkernen oder gehackten Mandeln verzieren.
- Bei etwa 200 Grad circa 10 Minuten backen (Vorsicht, es wird leicht dunkel).
- Vom Blech nehmen und auf einem Gitterrost auskühlen lassen.
- Käsegebäck kann wie seine süßen Kollegen gut in Blechdosen aufgehoben werden.

Ein Experte bei der Arbeit:

Baumkletterer Matthias Stüer vom Grünen Zweig, Tecklenburg

Schlusswort

Auf den Höhen des Teutoburger Waldes ruht das malerische Städtchen Tecklenburg. Daher ist es ebenso wie die hübsche evangelische Stadtkirche aus dem 16ten Jahrhundert selbstverständlich nicht meine Erfindung.

In der Altstadt breiten u. a. die *Schloßschänke* und *Omi's Eingemachtes* ihre Angebote aus.

Die in diesem Roman geschilderten Personen, Namen und Handlungen jedoch sind frei erfunden, ebenso wie das *Bücher und mehr* in Münster. Ähnlichkeiten mit toten oder lebenden Personen oder realen Ereignissen wären zufällig und sind nicht beabsichtigt.

Möge das idyllische Tecklenburg von weiteren hässlichen Taten verschont bleiben.

Manuela Sandhop

Die Autorin

Manuela Sandhop, Jahrgang 1954, lebt in Tecklenburg. Im sonderpunkt Verlag Münster sind ihre Gedichtbände *Zärtlich wie Weinbeersamt*, *Der Möndi hockt im Apfelbaum* und *Bis wintertags die Krähe schreit* erschienen. Der Leipziger Komponist Günter Neubert vertonte die Gedichtzyklen *Dahin* und *Verzaubert*.

Inhalt